COLLECTION FOLIO

James Joyce

# Un petit nuage

et autres nouvelles

*Traduit de l'anglais (Irlande)*
*par Jacques Aubert*

Gallimard

Ces nouvelles sont extraites du recueil *Dublinois*
(Folio n° 2439).

James Joyce est né en 1882 à Rathgar, dans la banlieue de Dublin. Son père, brillant mais faible, est issu d'une vieille famille irlandaise prospère de Cork. James Joyce est d'abord pensionnaire au collège jésuite de Clongowes Wood, et il termine ses études à Belvedere College. Dès 1897, il commence à écrire. Il entre à University College, et c'est en 1900 qu'il fait un véritable début littéraire, avec un article sur le dramaturge Henrik Ibsen.

En 1902, il fait un séjour à Paris, rentre à Dublin l'année suivante et commence *Dublinois.* Par ailleurs, il travaille à une esquisse autobiographique, *Stephen le Héros.* En 1904, il rencontre Nora Barnacle, dont il tombe amoureux, et quitte Dublin avec elle. Après un bref séjour à Pola, ils s'installent à Trieste, puis déménagent à Rome, où Joyce travaille quelques mois dans une banque. À son retour à Trieste, en 1907, il publie les poèmes de *Musique de chambre,* achève *Dublinois* et commence à réécrire *Stephen le Héros* qui, devenu *Portrait de l'artiste en jeune homme,* sera finalement publié à partir de 1915. Joyce réussit à faire imprimer *Dublinois* et une pièce, *Les exilés,* en 1914. Après un séjour à Zurich, il s'installe à Paris sur les conseils de l'écrivain américain Ezra Pound. Il y publie la première édition d'*Ulysse* en 1922, évitant la censure anglo-saxonne, qui juge le livre subversif. Il rencontre aussi Valery Larbaud, qui lui présente le Tout-Paris littéraire. *Finnegans Wake* paraît en 1939. Devenu presque aveugle, James Joyce se réfugie en décembre 1940 à Zurich, où il meurt quelques semaines plus tard.

*Dublinois* représente le premier pas d'une démarche consistant à proposer une vision ambitieuse de la condition humaine dans le monde moderne, qui culminera avec *Ulysse*, où nombre des personnages des nouvelles de ce recueil réapparaîtront.

*Découvrez, lisez ou relisez les livres de James Joyce :*

DEDALUS, PORTRAIT DE L'ARTISTE EN JEUNE HOMME PAR LUI-MÊME (Folio n° 570)

STEPHEN LE HÉROS. Fragments de la première partie de « Dedalus » (Folio n° 670)

PORTRAIT DE L'ARTISTE EN JEUNE HOMME précédé de PORTRAIT DE L'ARTISTE (Folio n° 2432)

FINNEGANS WAKE (Folio n° 2964)

EXILS (Folio Théâtre n° 140)

UN CAS DOULOUREUX – LES MORTS/*A PAINFUL CASE – THE DEAD* (Folio Bilingue n° 181)

ULYSSE (Folio n° 5641)

# *Après la course*

Les voitures arrivaient à toute allure, filant dans la direction de Dublin, régulièrement, comme des boulettes lancées dans la rainure de la route de Naas. Au sommet de la côte d'Inchicore, des groupes de curieux s'étaient formés pour regarder les voitures foncer sur le chemin du retour et c'est à travers toute cette misère et cette inaction que venaient se donner carrière la richesse et l'industrie du Continent. De temps en temps, ces groupes de spectateurs lançaient ces clameurs d'encouragement qui caractérisent les opprimés trop contents de l'être. Leur sympathie, cependant, allait aux voitures bleues, celles de leurs amis les Français.

Ceux-ci, de plus, avaient pratiquement gagné. Leur équipe avait terminé groupée ; ils s'étaient placés second et troisième, et l'on disait que le conducteur de la voiture allemande victorieuse était belge. Chaque voiture bleue était donc accueillie par des acclamations redoublées lorsqu'elle surgissait en haut de la côte, et chaque fois les occupants remerciaient par des sourires et des signes de tête. Dans l'une de ces voitures aux formes élégantes se trouvait un groupe de quatre jeunes gens dont l'entrain semblait maintenant dépasser largement l'allégresse de Gaulois vainqueurs : à vrai dire, ces quatre jeunes gens étaient presque déchaînés. Il s'agissait de Charles Ségouin, le propriétaire de la voiture ; André Rivière, jeune électricien d'origine canadienne ; un énorme Hongrois appelé Villona, et un jeune gandin nommé Doyle. Ségouin était de joyeuse humeur parce qu'il avait reçu, chose inattendue, des commandes par anticipation (il allait lancer une affaire d'automobiles à Paris) et Rivière, devant être nommé directeur technique de l'entreprise, ne l'était pas moins ; ces deux jeunes gens (qui étaient cousins) devaient aussi leur gaieté au succès des voitures françaises. La belle humeur de Villona était due, elle, à un bon déjeuner ; il était, de plus, d'un naturel optimiste. Le quatrième, en revanche, était trop excité pour être véritablement heureux.

Il avait environ vingt-six ans, une petite moustache châtain et soyeuse et des yeux gris assez candides. Son père, au début de sa vie nationaliste virulent, avait vite changé d'opinions. Il avait acquis sa fortune comme boucher à Kingstown et, en ouvrant des magasins à Dublin et dans les faubourgs, l'avait considérablement multipliée. Il avait eu aussi la chance d'obtenir des marchés de la police, et finalement était devenu assez riche pour que les journaux de Dublin le qualifient de « prince du négoce ». Il avait envoyé son fils en Angleterre recevoir l'éducation d'un grand collège catholique, avant de lui faire faire son droit à l'Université de Dublin. Jimmy n'y fut pas très studieux, et tourna mal un temps. Il avait de l'argent et du succès ; et il se partageait, curieusement, entre le monde musical et celui de l'automobile. Puis on l'avait envoyé à Cambridge pendant un trimestre, pour qu'il voie un peu le monde. Son père avait payé ses dettes et l'avait ramené, le morigénant, mais secrètement fier de ses excès. C'est à Cambridge qu'il avait rencontré Ségouin. Pour l'instant, ce n'était guère qu'une relation, mais Jimmy prenait grand plaisir à la société d'un homme qui avait tant vécu et voyagé, et passait pour être le propriétaire de quelques-uns des plus grands hôtels de France. C'était une relation qui en valait la peine (son père en était convenu), indépendamment du fait que c'était un charmant compagnon. Villona aussi était charmant — un brillant pianiste — mais malheureusement très pauvre.

La voiture roulait joyeusement, chargée de toute cette jeunesse déchaînée. Les deux cousins étaient assis devant ; Jimmy et son ami hongrois étaient derrière. Villona était vraiment très en train ; il maintint pendant des kilomètres une mélodie en basse profonde, bouche fermée. Les Français lançaient pardessus leur épaule leurs rires et leurs bons mots, et Jimmy devait souvent se pencher en avant pour saisir tel trait rapide. Ce n'était pas particulièrement agréable : il lui fallait presque toujours deviner le sens prestement avant de lancer contre le vent violent une réponse appropriée. D'ailleurs le chantonnement de Villona aurait gêné n'importe qui ; sans parler du bruit du moteur.

La vitesse, l'espace vous grisent ; la notoriété également et aussi la fortune. Il y avait là trois bonnes raisons pour expliquer l'excitation de Jimmy. De nombreux amis l'avaient vu ce jour-là en compagnie de ces étrangers venus du Continent. Au contrôle, Ségouin l'avait présenté à l'un des concurrents français et, en réponse à un compliment vaguement bredouillé, le visage bronzé du conducteur avait découvert une rangée de dents éblouissantes. Il était agréable, après cet honneur, de retrouver le monde profane des spectateurs, de les voir échanger coups de coude ou regards entendus. Quant à l'argent, il en avait vraiment une grosse somme à sa disposition. Pour Ségouin, ce n'était peut-être pas une grosse somme, mais Jimmy qui, en dépit d'erreurs passagères, avait hérité d'instincts robustes, savait quelle peine il avait fallu prendre pour la rassembler. C'est pourquoi jusqu'ici ses dettes n'avaient jamais dépassé les limites d'une raisonnable insouciance et, s'il avait été tellement conscient du labeur représenté par l'argent lorsqu'il s'était agi tout au plus de fantaisies nées du raffinement de l'esprit, il l'était bien plus encore maintenant, au moment où il allait mettre en jeu la plus grande partie de son bien ! Il s'agissait pour lui d'une chose sérieuse.

Bien sûr, c'était un bon investissement et, Ségouin en avait habilement donné l'impression, c'était par pure amitié que le petit apport d'argent irlandais allait être accepté dans le capital de l'entreprise. Jimmy respectait la sagacité paternelle en matière d'affaires, et cette fois-ci son père avait été le premier à suggérer l'investissement ; placer de l'argent dans les automobiles, c'est en ramasser à la pelle. De plus, Ségouin était riche, il n'y avait pas à s'y tromper. Jimmy se mit à calculer mentalement le nombre de jours de travail représenté par la voiture princière dans laquelle il se trouvait. Comme elle roulait bien ! Avec quel brio ils avaient filé sur les routes de campagne ! Cette équipée, magiquement, vous permettait de sentir battre sous vos doigts la vraie vie, et la machine humaine aux nerfs tendus s'efforçait courageusement de répondre aux élans du prompt animal bleu.

Ils descendirent Dame Street. La circulation y était d'une animation insolite, et les cornes des voitures aussi bruyantes que les cloches des conducteurs de tramways impatients. Près de la Banque d'Irlande, Ségouin s'arrêta pour déposer Jimmy et son ami. Un petit groupe se rassembla sur le trottoir pour rendre hommage à l'engin ronflant. Toute la bande dînait ce soir-là à l'hôtel de Ségouin et, dans l'intervalle, Jimmy et son ami, qui était son hôte, devaient retourner s'habiller. La voiture démarra lentement en direction de Grafton Street, tandis que les deux jeunes gens se frayaient un chemin à travers le groupe de badauds. Ils se dirigèrent vers le nord à pied, étrangement désenchantés par cet exercice physique, cependant que la ville suspendait au-dessus d'eux ses pâles globes de lumière dans la brume de ce soir d'été.

Dans la famille de Jimmy, on avait fait de ce dîner une grande affaire. À l'agitation de ses parents se mêlait une certaine fierté, un certain désir impatient de jouer sur tous les tableaux, car le nom des métropoles étrangères possède au moins cette vertu. À vrai dire, Jimmy ne manquait pas d'allure en tenue de soirée et, au moment où, dans le vestibule, il assurait à son nœud blanc un équilibre savant, son père aurait pu à bon droit, du simple point de vue commercial, se féliciter de lui avoir assuré des mérites qui souvent ne s'achètent pas. Son père fut donc exceptionnellement aimable avec Villona, et ses manières traduisirent un réel respect pour les talents étrangers ; mais ces nuances échappèrent probablement au Hongrois qui commençait à avoir le plus vif désir de se mettre à table.

Le dîner fut excellent, recherché. Jimmy décréta que Ségouin avait un goût très raffiné. Le groupe s'adjoignit un jeune Anglais du nom de Routh, que Jimmy avait vu avec Ségouin à Cambridge. Les jeunes gens soupèrent dans un cabinet particulier dont les bougeoirs étaient montés à l'électricité. Ils étaient volubiles et peu réservés. Jimmy, dont l'imagination s'enflammait, voyait la vivacité juvénile des Français venir orner, tel un lierre élégant, la robustesse fondamentale des manières anglaises. Image gracieuse qu'il avait eue là, pensait-il, et juste, au demeurant. Il admirait la dextérité avec laquelle leur hôte dirigeait la conversation. Les cinq jeunes gens avaient des goûts variés, et leur langue s'était déliée. Villona, avec un respect infini, entreprit de faire découvrir à l'Anglais quelque peu étonné les beautés du madrigal, et déplora la disparition des instruments anciens. Rivière, non sans arrière-pensées, se mit à expliquer à Jimmy le triomphe des mécaniciens français. La voix sonore du Hongrois occupé à ridiculiser les luths purement imaginaires des peintres romantiques allait noyer toutes les autres lorsque Ségouin poussa son monde vers la politique. C'était là un sujet attrayant pour tous. Jimmy, sous l'empire d'influences généreuses, sentit se réveiller le zèle que son père avait jadis éteint en lui-même : il finit par faire perdre son flegme à Routh. L'atmosphère s'en échauffa d'autant, et la tâche de Ségouin se fit de minute en minute plus difficile : on courait même le risque de voir les choses prendre une allure personnelle. L'hôte saisit vivement une occasion de lever son verre à l'Humanité puis, le toast porté, ouvrit tout grand une fenêtre d'un air entendu.

Cette nuit-là, la ville avait pris masque de capitale. Les cinq jeunes gens s'en furent à pied le long de Stephen's Green, enveloppés d'un léger nuage de fumée aromatique. Ils parlaient haut et gaiement, la cape de soirée jetée sur les épaules. Les passants faisaient place devant eux. Au coin de Grafton Street, un petit homme rond faisait monter deux fort belles dames dans une voiture conduite par un autre homme corpulent. La voiture démarra et le petit homme rond aperçut le groupe.

— André.

— Mais c'est Farley !

Et ce fut un torrent de paroles. Farley était américain. Personne ne savait au juste de quoi il était question. Villona et Rivière étaient les plus bruyants, mais l'animation était générale. Ils montèrent dans une voiture, s'entassant et s'esclaffant. Ils s'en allèrent, longeant la foule, maintenant fondue en touches de couleurs délicates, accompagnés par un joyeux concert de grelots. Ils prirent le train à Westland Row et quelques secondes plus tard, sembla-t-il à Jimmy, ils sortaient de la gare de Kingstown. Le contrôleur salua Jimmy ; c'était un vieil homme :

— Belle soirée, monsieur !

C'était une paisible nuit d'été ; le port, à leurs pieds, était un miroir enténébré. C'est là qu'ils se dirigèrent, bras dessus, bras dessous, chantant en chœur *Cadet Rousselle*, tapant du pied à chaque refrain :

— *Ho ! Ho ! Hohé, vraiment !*

À la cale, ils montèrent dans un canot à rames et se dirigèrent vers le yacht de l'Américain. On devait y trouver souper, musique, cartes. Villona dit d'un ton pénétré :

— C'est magnifique !

Il y avait un petit piano dans la cabine. Villona joua une valse pour Farley et Rivière, Farley faisant le cavalier et Rivière la cavalière. Puis ce fut un quadrille impromptu, avec invention de figures nouvelles. Quelle franche gaieté ! Jimmy ne laissait sa place à personne ; au moins, voilà qui était vivre ! Puis Farley s'essouffla et cria : « On s'arrête ! » Un homme apporta un souper léger, et les jeunes gens prirent place autour de la table, pour la forme. On fit cependant honneur aux boissons : c'était la vraie vie de bohème. On but à l'Irlande, à l'Angleterre, à la France, à la Hongrie, aux États-Unis d'Amérique. Jimmy fit un discours, un long discours, scandé à chaque pause par les *Bravo ! Bravo !* de Villona. Il s'assit, très applaudi. Il avait dû être éloquent. Farley lui donna une tape dans le dos et rit très fort. Quels joyeux compagnons ! Et quels bons moments on passait ensemble !

Des cartes ! Des cartes ! On débarrassa la table. Villona retourna discrètement à son piano et joua pour eux à sa fantaisie. Les autres jouaient partie sur partie, se lançant hardiment dans l'aventure. Ils burent à la santé de la Reine de Cœur et à celle de la Reine de Carreau. Jimmy regrettait obscurément qu'il n'y eût pas d'auditoire pour apprécier tous les traits d'esprit qui fusaient. On jouait gros et du papier commença à circuler. Jimmy ne savait pas exactement qui gagnait, mais savait qu'il était en train de perdre. C'était pourtant bien sa faute, car il confondait souvent ses cartes, et les autres devaient calculer pour lui ses reconnaissances de dettes. Ils avaient le diable au corps, mais il aurait aimé que l'on s'arrêtât : il se faisait tard. Quelqu'un leva son verre au yacht, *La Belle de Newport*, puis quelqu'un proposa que pour finir on fasse une grande partie.

Le piano s'était arrêté ; Villona avait dû monter sur le pont. Ce fut une partie acharnée. Ils s'arrêtèrent juste avant la fin pour boire à leur chance. Jimmy comprenait que la partie se jouait entre Routh et Ségouin. Qu'ils étaient donc surexcités ! Jimmy l'était aussi ; il perdrait, bien sûr. Pour combien avait-il signé ? Les hommes se levèrent pour jouer les dernières levées, parlant et gesticulant. Ce fut Routh qui gagna. La cabine trembla sous les hourras des jeunes gens et l'on rassembla les cartes. Puis ils se mirent à ramasser leurs gains. Farley et Jimmy étaient les plus gros perdants.

Il savait qu'au matin il aurait des regrets, mais pour l'instant il était heureux de ce répit, heureux de cette sombre stupeur qui allait dissimuler son coup de folie. S'accoudant sur la table, il se prit la tête entre les mains, comptant les pulsations de ses tempes. La porte de la cabine s'ouvrit et il vit le Hongrois debout dans un faisceau de lumière grise :

— Messieurs, le jour se lève !

*Deux galants*

Le soir d'août, gris et tiède, était descendu sur la ville, un air doux et tiède, souvenir de l'été, circulait dans les rues. Celles-ci, tous volets tirés pour le repos du dimanche, grouillaient d'une foule aux vives couleurs. Telles des perles illuminées, les lampes brillaient du haut de leurs grands mâts, éclairaient la vivante texture aux formes et aux nuances sans cesse changeantes, qui faisait monter dans l'air gris et tiède du soir un incessant murmure, toujours le même.

Deux jeunes gens descendaient la côte de Rutland Square. L'un d'entre eux achevait à l'instant un long monologue. L'autre, qui marchait sur le bord du trottoir, et que la muflerie de son compagnon obligeait parfois à faire un pas sur la chaussée, avait une expression attentive et amusée. Il était courtaud et coloré. Sa casquette de marin était rejetée loin en arrière et, au récit qu'il écoutait, des jeux de physionomie naissaient aux coins de ses yeux, de sa bouche et de son nez et déferlaient sur son visage. De petites explosions de rire se succédaient, fusant de son corps convulsé. Ses yeux, qui pétillaient d'un plaisir rusé, se tournaient à tout instant vers le visage de son compagnon. Une ou deux fois il remit en place le léger imperméable qu'il avait jeté sur une épaule, à la toréador. Ses culottes de golf, ses chaussures blanches en caoutchouc et cette manière dégagée de porter son imperméable exprimaient la jeunesse. Mais la silhouette s'arrondissait à la taille, le cheveu était rare et gris, et le visage, quand cessaient les jeux de physionomie, avait un air ravagé.

Lorsqu'il fut sûr d'avoir entendu la fin du récit, il se mit à rire silencieusement pendant une bonne demi-minute. Puis il dit :

— Eh bien !... Ça, c'est la meilleure !

Sa voix était faible, comme épuisée ; et pour donner plus de force à ses paroles, il ajouta sur un ton humoristique :

— Oui, c'est la meilleure de toutes, la seule et unique en son genre, et, si j'ose dire, la plus *recherchée.*

Ayant dit, il devint sérieux et se tut. Il avait la langue fatiguée d'avoir parlé tout l'après-midi dans un pub de Dorset Street. La plupart des gens considéraient que Lenehan était un parasite, mais en dépit de cette réputation, son savoir-faire et son éloquence avaient toujours empêché ses amis d'adopter contre lui une politique concertée. C'est d'un air décidé qu'il abordait un de leurs groupes dans un bar et, agile, se maintenait à ses confins jusqu'au moment où on l'englobait dans une tournée. Il passait son temps à traîner sur les champs de courses, muni d'un stock imposant de bonnes histoires, de limericks[1] et de devinettes. Aucun affront ne l'atteignait. Personne ne savait comment il faisait face aux dures nécessités de l'existence, mais son nom était vaguement associé à des tuyaux de courses.

— Et où l'as-tu levée, Corley ? demanda-t-il.

Corley passa rapidement sa langue sur sa lèvre supérieure.

— Mon vieux, dit-il, un soir, je passais dans Dame Street, et je repère une belle poule sous l'horloge de Waterhouse, alors je lui dis bonsoir, tu vois le genre. Alors on est allés se promener le long du canal et elle m'a dit qu'elle était boniche dans une maison de Baggot Street. Ce soir-là, je l'ai prise par la taille et un peu serrée de près. Et puis le dimanche suivant, mon vieux, je la retrouve, sur rendez-vous. On est allés du côté de Donnybrook et je l'ai emmenée dans un champ. Elle m'a dit qu'avant elle allait avec un laitier... Je me suis pas embêté, mon vieux. Des cigarettes tous les soirs qu'elle m'apportait, et elle payait le tram, aller et retour. Un soir, elle m'a même apporté deux cigares, sacrément bons. Oh, des fameux, tu sais, de ceux que le vieux fumait... J'avais peur qu'elle tombe enceinte, mon vieux. Mais elle est à la coule.

— Elle croit peut-être que tu vas l'épouser, dit Lenehan.

— Je lui ai dit que j'étais sans situation, dit Corley.

1. Court poème à forme fixe, du genre *nonsense*, assez souvent grivois.

Je lui ai dit que j'avais travaillé chez Pim. Elle ne sait pas mon nom. Pas assez fou pour le lui dire. Mais elle pense que je suis pas n'importe qui, tu sais.

Lenehan rit à nouveau, silencieusement.

— De toutes les bonnes histoires que j'aie jamais entendues, il n'y a pas à dire, c'est vraiment la meilleure !

Corley accusa le compliment en allongeant le pas. Le balancement de son corps massif obligea son ami à exécuter quelques sautillements entre le trottoir et la chaussée. Corley était le fils d'un inspecteur de police, dont il avait hérité la charpente et la démarche. Il allait les mains au corps, très droit, en dodelinant de la tête. Il avait une grosse tête globuleuse et huileuse ; elle transpirait par tous les temps, et son grand chapeau rond, posé de travers, donnait l'impression d'un bulbe qui aurait poussé sur un autre. Il regardait toujours droit devant lui, comme s'il était à la parade, et lorsqu'il voulait suivre quelqu'un du regard dans la rue, il lui fallait tourner tout le corps à partir des hanches. Présentement il traînait en ville. Quand une situation se trouvait vacante il y avait toujours un ami prêt à lui annoncer la mauvaise nouvelle. On le voyait souvent se promener avec des policiers en civil, lancé dans de graves discussions. Il connaissait les dessous de toutes les affaires et aimait porter des jugements définitifs. Il parlait sans écouter ce que les autres disaient. Sa conversation portait principalement sur lui-même : ce qu'il avait dit à telle personne et ce qu'elle lui avait répondu et ce qu'il avait dit pour clore le débat. Lorsqu'il rapportait ces dialogues, il aspirait la première lettre de son nom, à la manière des Florentins[1].

Lenehan offrit une cigarette à son ami. Tandis que les deux jeunes gens marchaient dans la foule, Corley se tournait parfois pour sourire à quelque jeune passante, mais le regard de Lenehan était fixé sur la grande lune pâle cernée d'un double halo. Il observait d'un air pénétré la façon dont le voile gris du crépuscule passait sur son disque. Il finit par dire :

— Eh bien… dis donc, Corley, je pense que tu arriveras à régler ça, pas vrai ?

Corley lui répondit d'un clin d'œil expressif.

— Tu crois qu'elle sera à la hauteur ? demanda Lenehan, d'un air dubitatif. On ne sait jamais, avec les femmes.

— Elle ne fera pas d'histoires, dit Corley. Je sais comment la prendre, mon vieux. Elle a le béguin pour moi.

— Tu es vraiment un joyeux drille, dit Lenehan. Et un drille qui est à la hauteur, par-dessus le marché !

Une ombre de moquerie rachetait ce que sa manière avait de servile. Pour sauver la face, il s'arrangeait toujours pour que ses flatteries pussent être entendues comme des railleries. Mais Corley n'avait pas l'esprit subtil.

1. C'est-à-dire « Horley », ou « Whorley », dans lequel on entend « whore », putain, à une forme adverbiale.

— Rien ne vaut une boniche qui marche, affirma-t-il. Tu peux m'en croire.

— Croyez-en quelqu'un qui les a toutes essayées, dit Lenehan.

— Au début, dit Corley en confidence, j'allais avec des filles, tu sais, des filles des faubourgs. Je les sortais, mon vieux, on prenait le tram, et c'est moi qui payais, ou bien je les emmenais écouter un orchestre ou voir une pièce de théâtre ; ou bien encore je leur offrais des chocolats et des bonbons, des trucs comme ça. Oui, elles me coûtaient bel et bien de l'argent, ajouta-t-il avec conviction, comme s'il avait conscience qu'on ne le croyait pas.

Mais Lenehan était prêt à le croire ; il opina de la tête gravement.

— Je connais ce petit jeu, dit-il, et on s'y fait toujours avoir.

— Et c'est bien le diable si j'en ai jamais tiré quelque chose, dit Corley.

— Idem pour moi, dit Lenehan.

— Sauf pour ce qui est d'une.

D'un coup de langue, il humecta sa lèvre supérieure. Ce souvenir lui fit briller les yeux. Lui aussi fixa le disque pâle de la lune, maintenant presque voilé, et parut méditer.

— Elle était... un peu là, dit-il sur un ton de regret.

Il se tut de nouveau, puis il reprit :

— Elle fait le tapin maintenant. Je l'ai vue en voiture un soir, descendant Earl Street avec deux types.

— J'imagine que c'est ta faute.

— Y en a d'autres qui s'étaient occupés d'elle avant moi, dit Corley avec philosophie.

Cette fois, Lenehan avait tendance à être sceptique. Il hocha la tête et sourit.

— Tu sais que tu peux pas m'en raconter, Corley, dit-il.

— Je te le jure ! dit Corley. Est-ce qu'elle me l'a pas dit elle-même ?

Lenehan prit une attitude tragique.

— Vil traître ! dit-il.

Lorsqu'ils passèrent près des grilles de Trinity College, Corley sauta rapidement dans la rue pour jeter un coup d'œil à l'horloge.

— Vingt, dit-il.

— On a le temps, dit Corley. Elle y sera, pas de problème. Je la fais toujours poireauter un peu.

Lenehan rit doucement.

— Morbleu ! Corley, tu sais comment les prendre, dit-il.

— Je connais tous leurs petits tours, avoua Corley.

— Mais, dis-moi, reprit Lenehan, es-tu sûr que tu pourras arranger ça ? Tu sais que c'est délicat. Elles sont sacrément regardantes là-dessus. Hein ?... Non ?

Ses petits yeux brillants scrutaient le visage de son compagnon pour se rassurer. Corley balança la tête d'un côté et de l'autre, comme pour se débarrasser d'un insecte obstiné, et ses sourcils se froncèrent.

— Je réglerai ça, dit-il. Je crois que tu peux me laisser faire, non ?

Lenehan n'insista pas. Il ne voulait pas irriter son ami, être envoyé au diable, et s'entendre dire qu'on ne lui demandait pas son avis. Il fallait un peu de tact. Mais le front de Corley se rasséréna bientôt. Ses pensées suivaient un autre cours.

— C'est une chouette poule, dit-il d'un air connaisseur ; ça, on peut le dire.

Ils suivirent Nassau Street, puis tournèrent dans Kildare Street. Non loin de l'entrée du club, un harpiste jouait dans la rue debout au milieu d'un petit cercle d'auditeurs. Il pinçait les cordes, insoucieux, jetant de temps en temps un coup d'œil rapide vers le visage de chaque nouveau venu et de temps en temps, d'un air également fatigué, vers le ciel. Sa harpe aussi, insoucieuse d'avoir la housse rejetée sur les genoux, semblait lasse des yeux des étrangers comme des mains de son maître. Une de celles-ci jouait sur la basse l'air de : *Silent, O Moyle*, tandis que l'autre courait dans l'aigu après chaque groupe de notes. Les notes de la mélodie palpitaient graves et pleines.

Les deux jeunes gens remontèrent la rue sans parler, suivis par la musique mélancolique. Lorsqu'ils atteignirent Stephen's Green ils traversèrent la rue. Là, le bruit des trams, les lumières et la foule les délivrèrent de leur silence.

— La voilà ! dit Corley.

Au coin de Hume Street se tenait une jeune femme. Elle portait une robe bleue et un canotier blanc. Elle se tenait au bord du trottoir, balançant d'une main une ombrelle. Lenehan s'anima.

— Allons la reluquer, Corley, dit-il.

Corley jeta un coup d'œil en coin à son ami et un rictus déplaisant apparut sur son visage.

— Est-ce que tu essayerais de me doubler ? demanda-t-il.

— Bon Dieu, dit Lenehan, je ne demande pas à être présenté. Tout ce que je veux, c'est la regarder. Je ne vais pas la manger.

— Ah… La regarder ? dit Corley, plus aimable. Bon… alors écoute. Je vais traverser et lui parler, et tu pourras passer.

— Bon, dit Lenehan.

Corley avait déjà à demi enjambé les chaînes, quand Lenehan lui cria :

— Et ensuite ? Où est-ce qu'on se retrouve ?

— Dix heures et demie, répondit Corley, en passant l'autre jambe.

— Où ?

— Coin de Merrion Street. On reviendra par là.

— Allons, fais du bon travail, dit Lenehan en guise d'adieu.

Corley ne répondit pas. Il traversa la rue d'un pas désinvolte, dodelinant de la tête de côté et d'autre… Sa corpulence, son allure souple et le bruit plein de ses chaussures sur le sol avaient quelque chose de conquérant. Il aborda la jeune femme et, sans la saluer, se mit tout de suite à lui parler. Elle balança son ombrelle plus rapidement et exécuta des demi-tours sur les talons. Une ou deux fois, alors qu'il lui parlait de près, elle rit et baissa la tête.

Lenehan les observa pendant quelques minutes. Puis il avança rapidement le long des chaînes jusqu'à une certaine distance et traversa la rue en oblique. En approchant du coin de Hume Street, il s'aperçut que l'air était très parfumé, et ses yeux vifs, inquiets, détaillèrent l'aspect extérieur de la jeune femme. Elle avait sa toilette des dimanches. Sa jupe de serge bleue était retenue à la taille par une ceinture de cuir noir dont la grande boucle d'argent semblait lui creuser le milieu du corps, serrant comme une pince la légère étoffe blanche de son corsage. Elle portait une courte jaquette noire ornée de boutons de nacre, et un boa noir dépenaillé. Les bords de sa collerette de tulle étaient dans un savant désordre, et un gros bouquet de fleurs rouges était piqué, tiges en l'air, dans son corsage. Lenehan eut un regard approbateur pour son petit corps robuste et musclé. Son visage éclatait de santé rustique avec ses bonnes joues rouges et ses yeux imperturbables. Les traits étaient épais. Elle avait de larges narines, une bouche interminable s'ouvrant en un sourire béat et polisson sur deux dents en saillie. En passant devant eux, Lenehan ôta sa casquette, et au bout d'environ dix secondes Corley lui rendit son salut dans le vide. Opération qui consista à lever la main vaguement et à changer pensivement l'angle de son chapeau.

Lenehan marcha jusqu'à l'Hôtel Shelbourne, puis s'arrêta et attendit. Au bout d'un petit moment, il les vit venir vers lui et, lorsqu'ils tournèrent à droite, il les suivit le long de Merrion Square, avançant d'un pas léger dans ses chaussures blanches. Tout en marchant lentement, à une allure qu'il réglait sur la leur, il observait la tête de Corley, qui à chaque instant se tournait vers le visage de la jeune femme comme une grosse balle montée sur un pivot. Il suivit le couple des yeux jusqu'à ce qu'il l'eût vu monter les marches du tram de Donnybrook ; il fit alors demi-tour et revint sur ses pas.

Maintenant qu'il était seul, il faisait plus âgé de visage. Sa gaieté semblait l'abandonner et, en longeant les grilles de Duke's Lawn, il laissa courir sa main sur elles. L'air que le harpiste avait joué se mit à gouverner ses mouvements. Ses pas feutrés donnaient la mélodie, cependant que ses doigts désœuvrés égrenaient une gamme de variations sur les grilles après chaque groupe de notes.

L'esprit ailleurs, il fit le tour de Stephen's Green et descendit Grafton Street. Si ses yeux enregistraient de nombreux éléments de la foule qu'il traversait, c'était avec morosité. Il trouvait proprement trivial ce qui se proposait de le charmer et il ne répondait pas aux regards l'invitant à la hardiesse. Il savait qu'il faudrait parler d'abondance, être inventif, amuser, et son cerveau comme sa gorge étaient trop desséchés pour pareille tâche. Un problème le chiffonnait : comment passer les heures jusqu'à son rendez-vous avec Corley ? Il ne voyait qu'une seule solution : continuer à marcher. Il tourna à gauche en arrivant au coin de Rutland Square et se sentit plus à l'aise dans la rue tranquille et obscure, dont l'aspect sombre s'accordait à son humeur. Il fit halte enfin devant la vitrine d'une boutique de piètre apparence surmontée du mot : *Buvette* en lettres blanches. Sur la vitre se lisaient deux inscriptions hâtives : *Ginger Beer* et *Ginger Ale*. Un jambon entamé était exposé sur un grand plat bleu, à côté d'une assiette contenant un segment de plum-pudding très léger. Il contempla ces nourritures gravement pendant un certain temps, puis, ayant jeté un regard circonspect à droite et à gauche, il entra rapidement dans la boutique.

Il avait faim, car, à l'exception de quelques biscuits que sur sa demande deux « desserveurs[1] » lui avaient apportés de mauvaise grâce, il n'avait rien mangé depuis le petit déjeuner. Il s'assit à une table de bois sans nappe en face de deux ouvrières et d'un mécano. Une souillon vint prendre la commande.

— C'est combien, une assiette de pois ?

— Trois demi-pence, monsieur, dit la fille.

— Apportez-moi une assiette de pois, dit-il, et une bouteille de ginger beer.

Il parlait sur un ton rude afin de démentir son air bourgeois car les conversations s'étaient interrompues à son entrée. Il avait le sang au visage. Pour faire plus naturel, il repoussa sa casquette en arrière et planta ses coudes sur la table. Le mécano

1. *Curate*, vicaire, désigne en argot de Dublin un garçon de bar. Il a paru intéressant de fabriquer un « mot-valise » avec « serveur » et « desservant ».

et les deux ouvrières l'examinèrent en détail avant de reprendre la conversation à voix plus basse. La fille lui apporta une assiette brûlante de pois cassés assaisonnés de poivre et de vinaigre, une fourchette, et sa bière au gingembre. Il mangea goulûment et trouva la nourriture si bonne qu'il nota mentalement l'adresse de la boutique. Quand il eut fini, il sirota sa bière et resta un moment à penser à l'aventure de Corley. Il voyait en pensée les deux amants marcher sur une route sombre ; il entendait la voix grave de Corley lancer d'énergiques galanteries et revoyait le sourire polisson de la jeune femme. Cette vision lui fit éprouver avec acuité son propre manque d'argent et de vitalité. Il était las de rouler sa bosse, de tirer le diable par la queue, las des expédients et des intrigues. Il aurait trente et un ans en novembre. N'aurait-il jamais une bonne situation ? N'aurait-il jamais un foyer ? Qu'il serait donc agréable de s'asseoir près d'un bon feu, à une table bien garnie, se disait-il. Il avait traîné assez longtemps dans les rues avec des amis et avec des filles. Il savait ce que valaient ces amis ; quant aux filles, il les connaissait aussi. L'expérience l'avait rempli d'aigreur contre le monde. Mais il n'avait pas perdu tout espoir. Maintenant qu'il avait mangé, il se sentait mieux qu'avant, moins las de sa vie, moins abattu. Il pourrait peut-être encore trouver à s'établir dans un coin tranquille et à vivre heureux, si seulement il pouvait rencontrer une bonne fille simplette avec un peu de répondant.

Il paya deux pence et demi à la souillon et, sortant de la boutique, recommença ses pérégrinations. Il prit Capel Street, marchant en direction du City Hall. Puis il tourna dans Dame Street. Au coin de George's Street, il rencontra deux de ses amis et s'arrêta pour leur parler. Il était heureux de pouvoir se reposer de toutes ses déambulations. Ses amis lui demandèrent s'il avait vu Corley, et ce qu'il y avait de neuf. Il répondit qu'il avait passé la journée avec Corley. Ses amis parlèrent peu. Ils regardaient d'un air absent quelques silhouettes dans la foule, émettant parfois une remarque critique. L'un d'entre eux dit avoir vu Mac une heure auparavant dans Westmoreland Street. Sur quoi Lenehan répliqua qu'il était avec Mac la veille au soir chez Egan. Celui qui avait vu Mac dans Westmoreland Street demanda si c'était vrai que Mac s'était fait du fric sur une partie de billard. Lenehan ne savait pas : il dit que Holohan leur avait payé une tournée chez Egan.

Il quitta ses amis à dix heures moins le quart et remonta George's Street. Il tourna à gauche aux City Markets et continua jusqu'à Grafton Street. La foule des filles et des jeunes gens était maintenant clairsemée et en remontant la rue il entendit les adieux de groupes et de couples nombreux. Il alla jusqu'à l'horloge du College of Surgeons : il était dix heures tapantes. D'un pas vif, il se mit à longer Stephen's Green du côté nord, se dépêchant de peur que Corley ne revînt trop tôt. Ayant atteint le coin de Merrion Street, il se posta dans l'ombre d'un réverbère, sortit une des cigarettes qu'il avait mises en réserve et l'alluma. Appuyé contre le réverbère, il ne quittait pas des yeux le secteur d'où il comptait voir revenir Corley et la jeune femme.

Son esprit reprit son activité. Il se demandait si Corley avait réussi le coup. Il se demandait si celui-ci avait déjà posé la question ou s'il attendrait le dernier moment. Il éprouvait toutes les angoisses et les frissons tenant à la situation de son ami, aussi bien que ceux de la sienne propre. Mais le souvenir de la tête de Corley et de son lent pivotement le rasséréna quelque peu : il était sûr que Corley réglerait ça. Il eut tout à coup l'idée que Corley l'avait peut-être raccompagnée par un autre chemin et lui posait un lapin, à lui. Ses yeux fouillèrent la rue : aucun signe de leur présence. Pourtant il y avait sûrement une demi-heure qu'il avait vu l'horloge du College of Surgeons. Est-ce que Corley serait capable de faire une chose comme ça ? Il alluma sa dernière cigarette et se mit à la fumer nerveusement. Il observait intensément chaque tram qui s'arrêtait à l'autre coin de la place. Ils avaient dû rentrer par un autre chemin. Le papier de sa cigarette se déchira et il la jeta sur la chaussée avec un juron.

Tout d'un coup, il les vit venir vers lui. Il eut un sursaut d'intense satisfaction et, sans s'éloigner de son réverbère, essaya de lire dans leur démarche le résultat de l'opération. Ils marchaient rapidement, la jeune femme à petits pas pressés, tandis que Corley l'accompagnait à longues enjambées. Ils ne semblaient pas se parler. Un pressentiment du résultat le piqua, tel la pointe d'un instrument aigu. Il savait que Corley échouerait ; il savait qu'il n'y avait rien à faire.

Ils tournèrent dans Baggot Street et il les suivit immédiatement, prenant l'autre trottoir. Quand ils s'arrêtèrent, il s'arrêta aussi. Ils parlèrent quelques instants et puis la jeune femme descendit l'escalier de service d'une maison. Corley restait debout au bord du trottoir, à une certaine distance du perron. Quelques minutes s'écoulèrent. Puis la porte d'entrée s'ouvrit lentement, avec précaution. Une femme descendit les marches en courant et toussota. Corley se retourna et se dirigea vers elle. Sa large silhouette la cacha pendant quelques secondes, puis elle reparut, montant les marches en courant. La porte se referma sur elle et Corley se mit à marcher rapidement en direction de Stephen's Green.

Lenehan se hâta dans la même direction. Quelques gouttes d'une pluie légère tombèrent. Il y vit un avertissement et, jetant derrière lui un coup d'œil vers la maison où la jeune femme était entrée, pour s'assurer qu'il n'était pas observé, il traversa la rue avidement. L'anxiété, la course rapide le faisaient haleter. Il cria :

— Hep, Corley !

Corley tourna la tête pour voir qui l'avait appelé, puis poursuivit sa marche comme si de rien n'était. Lenehan courut après lui, maintenant d'une main son imperméable sur ses épaules.

— Hep, Corley ! cria-t-il à nouveau.

Il rejoignit son ami et scruta son visage. Il ne put rien y voir.

— Alors ? dit-il. Ça a marché ?

Ils avaient atteint le coin de Ely Place. Ne répondant toujours pas, Corley vira à gauche pour remonter la rue adjacente. Il s'était composé un visage calme et sévère. Lenehan restait à la hauteur de son ami, respirant malaisément. Il était dérouté et une note menaçante perçait dans sa voix.

— Tu ne peux pas répondre, non ? dit-il. Est-ce que tu l'as tâtée ?

Corley s'arrêta au premier réverbère et regarda droit devant lui d'un air sinistre. Puis, en un geste grave, il étendit une main vers la lumière et, souriant, l'ouvrit lentement sous le regard de son disciple. Une petite pièce d'or brillait dans sa paume.

# *La pension de famille*

Mrs Mooney était la fille d'un boucher. C'était une femme fort capable de garder les choses pour elle : une femme déterminée. Elle avait épousé le premier garçon de son père et ouvert une boucherie près de Spring Gardens. Mais dès la mort de son beau-père Mr Mooney commença à mal tourner. Il buvait, tapait dans la caisse, s'enfonçait dans les dettes jusqu'au cou. Inutile de lui faire faire vœu de tempérance : on pouvait être sûr que ça repartirait quelques jours plus tard. À force de se colleter avec sa femme devant les clients et d'acheter de la mauvaise viande, il coula son commerce. Une nuit, il la menaça avec le couperet et elle dut aller coucher chez des voisins.

Après cela, ils vécurent chacun de leur côté. Elle alla voir le curé, et obtint la séparation avec la garde des enfants. Elle refusa à son mari argent, nourriture et gîte ; et c'est ce qui l'obligea à s'engager comme commis d'huissier. C'était un petit ivrogne tout voûté, miteux, avec un visage blanc, des moustaches blanches, des sourcils blancs tracés fin au-dessus de petits yeux injectés de sang et comme à vif ; et il passait toute la journée assis dans le bureau de l'huissier, attendant de se voir mis sur une affaire. Mrs Mooney, qui avait retiré de la boucherie les restes de son avoir et monté une pension de famille dans Hardwicke Street, était une grande femme imposante. Sa maison abritait une population flottante composée de touristes de Liverpool et de l'île de Man, et, de temps à autre, d'*artistes* de music-hall. Sa population permanente se composait d'employés de bureau. Elle gouvernait sa maison avec sagacité et fermeté, sachant quand il fallait faire crédit, ou tenir bon, ou encore fermer les yeux. Tous les jeunes messieurs l'appelaient *La Patronne.*

Les jeunes messieurs de Mrs Mooney payaient quinze shillings de pension par semaine (indépendamment de la bière, blonde ou brune, du dîner). Ils avaient mêmes goûts et mêmes occupations et pour cette raison étaient très copains. Ils discutaient les chances des favoris et des outsiders. Jack Mooney, le fils de la Patronne, employé chez un commissionnaire de Fleet Street, avait une réputation de mauvais sujet. Il aimait jurer comme un troupier et rentrait d'ordinaire au petit matin. Quand il rencontrait des amis, il en avait toujours une bien bonne à leur raconter et on pouvait être sûr qu'il avait un fin tuyau — concernant les espoirs à fonder sur tel cheval ou telle *artiste*... Il savait aussi se servir de ses poings et chantait des chansons comiques d'étudiants. On se réunissait souvent le dimanche soir dans le salon de Mrs Mooney. Les *artistes* du music-hall y allaient de leur couplet ; Sheridan jouait valses et polkas, et improvisait des accompagnements. Polly Mooney, la fille de la Patronne, chantait elle aussi. Par exemple :

*Je suis une fille… comme ça.*
*N'faites pas semblant :*
*Vous n'savez que ça !*

Polly était une mince adolescente de dix-neuf ans ; elle avait des cheveux clairs et flous, et une petite bouche pulpeuse. Ses yeux, gris avec un soupçon de vert, ne manquaient jamais, lorsqu'elle parlait à quelqu'un, de regarder en l'air, la faisant ressembler à une petite madone perverse. Mrs Mooney avait d'abord placé sa fille comme dactylo dans les bureaux d'un marchand de grains, mais étant donné qu'un commis d'huissier perdu de réputation avait pris l'habitude de venir tous les deux jours demander la permission de dire un mot à sa fille, elle l'avait reprise chez elle pour remplir des tâches domestiques. Polly étant très vive, le projet était de la laisser se débrouiller avec les jeunes gens. D'ailleurs ceux-ci aiment sentir la présence d'une jeune personne à proximité. Bien sûr, Polly flirta avec eux, mais Mrs Mooney, juge perspicace, savait qu'ils se contentaient de passer le temps : pour aucun ce n'était une affaire sérieuse. Les choses continuèrent longtemps de la sorte et Mrs Mooney envisageait de renvoyer Polly à sa machine à écrire lorsqu'elle remarqua qu'il se passait quelque chose entre Polly et l'un des jeunes gens. Elle surveilla le couple et garda ses idées pour elle.

Polly se savait surveillée, mais pourtant le silence persistant de sa mère ne prêtait pas à malentendu. Il n'y avait aucune complicité patente entre mère et fille, aucune entente ouverte, et pourtant, bien qu'on commençât à parler de la chose dans la maison, Mrs Mooney n'intervenait toujours pas. Polly devint un peu bizarre et le jeune homme n'était manifestement pas à son aise. À la fin, lorsqu'elle jugea le moment venu, Mrs Mooney intervint. Elle traitait les problèmes moraux comme un couperet traite la viande : et cette fois-ci, sa décision était prise.

C'était un clair dimanche matin du début de l'été, qui promettait de la chaleur, mais où soufflait une brise fraîche. Toutes les fenêtres de la pension étaient ouvertes et par-dessous leurs cadres relevés les rideaux de dentelle se gonflaient doucement vers la rue. Le beffroi de Saint-Georges carillonnait sans trêve et des fidèles, seuls ou en groupes, traversaient le petit rond-point situé devant l'église, leur but révélé autant par leur attitude recueillie que par les petits volumes serrés dans leurs mains gantées. À la pension, le petit déjeuner était achevé, et la table était couverte d'assiettes ornées de traînées de jaune d'œuf, de gras et de couenne de bacon. Mrs Mooney était assise dans le fauteuil de rotin et regardait Mary, la bonne, desservir la table. Elle lui fit mettre de côté les croûtes et les morceaux de pain en vue du bread-pudding du mardi. Quand la table fut nette, le pain ramassé, le sucre et le beurre sous clé, elle se mit à reconstruire l'entretien qu'elle avait eu avec Polly la veille au soir. C'était bien ce qu'elle avait soupçonné : si ses questions avaient été franches, les réponses de Polly ne l'avaient pas été moins. Bien sûr, l'une et l'autre s'étaient senties un peu gênées : elle, parce qu'elle n'avait pas voulu accueillir la nouvelle de façon trop cavalière, ni donner l'impression d'une connivence, et Polly non seulement parce que des allusions de ce genre la gênaient toujours, mais aussi parce qu'elle ne voulait pas donner à penser que dans son innocence pleine de sagesse elle avait pressenti l'intention cachée derrière la tolérance de sa mère.

Mrs Mooney jeta instinctivement un coup d'œil à la petite pendule dorée de la cheminée dès qu'elle se rendit compte, à travers sa rêverie, que les cloches de Saint-Georges avaient cessé de sonner. Il était onze heures dix-sept : elle aurait plus de temps qu'il n'en fallait pour régler l'affaire avec Mr Doran avant d'attraper la petite messe de midi à Marlborough Street. Elle était sûre de gagner. D'abord, elle avait de son côté tout le poids de l'opinion publique : elle était une mère outragée. Elle l'avait laissé vivre sous son toit, le présumant homme d'honneur, et il avait purement et simplement trahi son hospitalité. Il avait trente-quatre ou trente-cinq ans, on ne pouvait donc invoquer l'excuse de la jeunesse ; pas plus que celle de l'ignorance, puisque c'était un homme qui avait quelque expérience de la vie. Il avait ni plus ni moins abusé de la jeunesse et de l'inexpérience de Polly : c'était évident. La seule question était : Comment comptait-il réparer ?

En pareil cas, il faut réparer. Pour l'homme c'est trop facile : son plaisir pris, il va son chemin comme si de rien n'était, mais c'est la fille qui doit payer les pots cassés. Certaines mères pouvaient se satisfaire d'arranger l'affaire tant bien que mal moyennant finance ; elle avait connu des cas de ce genre. Mais elle n'entendait pas agir ainsi. Pour elle, une seule réparation pouvait compenser la perte de l'honneur de sa fille : le mariage.

Elle compta à nouveau toutes ses cartes avant d'envoyer Mary dire à Mr Doran dans sa chambre qu'elle voulait lui parler. Elle se sentait sûre de la victoire. C'était un jeune homme sérieux, pas noceur ni grande gueule comme les autres. S'il s'était agi de Mr Sheridan ou de Mr Meade ou de Bantam Lyons, la tâche aurait été beaucoup plus difficile. Elle ne pensait pas qu'il voudrait courir le risque de la publicité. Tous les pensionnaires étaient un peu au courant ; certains avaient inventé des détails. De plus, il était employé depuis treize ans dans les bureaux d'un catholique, gros négociant en vins, et la publicité, pour lui, signifierait peut-être la perte de sa place. Tandis que, s'il était d'accord, tout pourrait se passer correctement. Elle savait qu'il avait une bonne paye, de toute façon, et se doutait qu'il avait mis des sous de côté.

Presque la demie ! Elle se leva et s'examina dans le trumeau. L'expression décidée de son large visage coloré l'emplit de satisfaction et elle songea à certaines mères de sa connaissance qui n'arrivaient pas à se débarrasser de leur fille.

En ce dimanche matin, Mr Doran était assurément très soucieux. Il avait par deux fois tenté de se raser, mais sa main tremblait tellement qu'il avait dû y renoncer. Une barbe de trois jours mettait une frange rougeâtre à ses mâchoires et toutes les deux ou trois minutes ses lunettes s'embuaient, de sorte qu'il devait les ôter et les nettoyer avec son mouchoir. Le souvenir de sa confession, la veille au soir, était lancinant ; le prêtre lui avait soutiré tous les détails ridicules de l'affaire et pour finir avait tellement grossi son péché qu'il remerciait le ciel de lui faire entrevoir une possibilité de réparation. Le mal était fait. Quelle autre solution que le mariage ou la fuite ? Le cynisme ne suffirait pas. L'affaire ferait sûrement jaser et on pouvait être certain qu'elle viendrait aux oreilles de son employeur. Dublin est une si petite ville : chacun connaît les affaires des autres. Dans une bouffée de chaleur, il sentit le cœur lui monter aux lèvres en entendant, du fond de son imagination échauffée, la voix de crécelle du vieux Mr Leonard qui criait : *Faites-moi venir Mr Doran, s'il vous plaît.*

Toutes ses longues années de bons et loyaux services envolées pour rien ! Tout son travail et sa diligence réduits à néant ! Jeune homme, il avait bien sûr jeté sa gourme ; il s'était vanté d'être libre penseur et avait nié l'existence de Dieu devant ses compagnons de café. Mais tout cela appartenait à une époque révolue… ou presque. Il achetait encore chaque semaine *Reynolds's Newspaper*[1], mais accomplissait ses devoirs religieux et pendant les neuf dixièmes de l'année menait une vie régulière. Il avait assez d'argent pour s'établir ; ce n'était pas cela. Mais chez lui on la regarderait de haut. Il y avait d'abord le père et sa triste réputation, mais aussi la pension de famille de la mère, dont on commençait à parler. Il avait la vague impression d'être en train de se faire avoir. Il voyait d'ici ses amis parler de l'affaire, et entendait leurs rires. De fait, elle était un peu vulgaire ; elle disait quelquefois *Je lui l'ai dit* et *Si j'aurais su.* Mais est-ce que la grammaire compterait s'il l'aimait vraiment ? Il n'arrivait pas à savoir s'il devait l'aimer ou la mépriser pour ce qu'elle avait fait. Bien sûr, lui aussi l'avait fait… Son instinct le pressait de rester libre, de ne pas se marier. Une fois marié, tu es fini, lui disait-il.

Tandis qu'il était là, assis au bord du lit, en pantalon et manches de chemise, désemparé, elle frappa discrètement à la porte et entra. Elle lui dit tout : qu'elle n'avait rien caché à sa mère et que celle-ci lui parlerait ce matin même. Elle pleura et se jeta à son cou en disant :

— Oh, Bob ! Bob ! Qu'est-ce que je dois faire ? Qu'est-ce que je dois faire, au nom du Ciel ?

Elle en finirait avec la vie, disait-elle.

Sans conviction, il essaya de la consoler, lui disant

1. *Reynolds Weekly Newspaper*, journal « radical » du dimanche fondé en 1850.

de ne pas pleurer, que tout s'arrangerait, qu'il ne fallait pas avoir peur. Il sentait contre sa chemise son sein palpitant.

Il n'était pas complètement responsable de ce qui était arrivé. Il se rappelait bien, avec la mémoire curieuse, patiente, du célibataire, les premières caresses que, fortuitement, sa robe, son souffle, ses doigts lui avaient données. Puis, une nuit, tard, alors qu'il se déshabillait pour aller au lit, elle avait frappé à sa porte, timidement. Elle voulait rallumer sa bougie, éteinte par un courant d'air, à la sienne. C'était son jour de bain. Elle portait ouvert un peignoir flottant de flanelle imprimée. Son pied cambré, blanc, brillait dans l'entrebâillement de ses pantoufles fourrées et sous sa peau parfumée son sang chaud rayonnait. De ses mains et de ses poignets aussi montait, tandis qu'elle allumait et assurait sa bougie, un léger parfum.

Les soirs où il rentrait très tard, c'est elle qui réchauffait son dîner. Il savait à peine ce qu'il mangeait, à la sentir à côté de lui, seule, la nuit, dans la maison endormie. Et ses attentions ! Si la nuit était tant soit peu froide, ou humide, ou venteuse, il pouvait être sûr de trouver un gobelet de punch qui l'attendait. Peut-être pourraient-ils être heureux ensemble…

Ils montaient ensemble sur la pointe des pieds, chacun avec une bougie, et sur le troisième palier, à contrecœur, se souhaitaient une bonne nuit. Ils s'embrassaient. Il se souvenait de ses yeux, du contact de sa main et du délire qui s'emparait de lui…

Mais le délire passe. Il reprit son expression en écho, se l'appliquant : *Qu'est-ce que je dois faire ?* Son instinct de célibataire l'avertissait de rester sur la réserve. Mais il avait bel et bien péché ; même son sens de l'honneur lui disait qu'il devait y avoir réparation pour un tel péché.

Il était assis avec elle au bord du lit, lorsque Mary vint dire à la porte que Madame voulait le voir au salon. Il se leva pour mettre sa veste et son gilet, plus désemparé que jamais. Une fois habillé, il s'approcha d'elle pour la consoler. Tout s'arrangerait, il ne fallait pas avoir peur. Il la laissa en larmes sur le lit, gémissant doucement : *Oh, mon Dieu !*

Tandis qu'il descendait, ses verres s'embuèrent au point qu'il dut les ôter pour les essuyer. Il mourait d'envie de traverser le toit et s'envoler vers un autre pays où il n'entendrait plus jamais parler de ses ennuis et cependant une force lui faisait descendre l'escalier, marche après marche. Les visages implacables de son employeur et de la Patronne contemplaient sa déconfiture. Dans la dernière volée de marches, il croisa Jack Mooney qui montait de la dépense, serrant dans ses bras deux bouteilles de *Bass.* Ils se saluèrent froidement ; et les yeux de l'amant s'arrêtèrent une seconde ou deux sur un visage épais de bouledogue et une paire de gros bras courtauds. Lorsqu'il atteignit le pied de l'escalier, il leva les yeux et vit Jack qui le considérait depuis la porte de la resserre.

Brusquement il se souvint du soir où l'un des *artistes* de music-hall, un petit Londonien blond, avait eu des propos un peu libres à l'endroit de Polly. Il avait presque fallu interrompre la réunion à cause de la violence de Jack. Chacun essayait de le calmer. L'*artiste*, un peu plus pâle qu'à l'ordinaire, continuait de sourire et de dire qu'il ne pensait pas à mal : mais Jack continuait de lui crier que si un type s'avisait de jouer à ce jeu-là avec sa sœur, il lui casserait la gueule une bonne fois pour toutes, et qu'on pouvait lui faire confiance.

. . . . . . . . . . . . . . . . . . . . . . . . . . . . .

Polly resta assise un petit moment au bord du lit, à pleurer. Puis elle se sécha les yeux et se dirigea vers le miroir. Elle plongea le bout d'une serviette dans le pot à eau et se rafraîchit les yeux à l'eau froide. Elle se regarda de profil et rectifia la disposition d'une épingle à cheveux au-dessus de l'oreille. Puis elle revint s'asseoir au pied du lit. Elle considéra les oreillers un long moment, et leur vue éveilla dans son esprit des souvenirs secrets et aimables. Posant la nuque contre le froid barreau métallique, elle s'abandonna à la rêverie. Son visage ne reflétait plus aucun trouble.

Elle continua à attendre patiemment, presque gaiement, sans inquiétude, ses souvenirs faisant place peu à peu à des espérances et à des visions de l'avenir. Espérances et visions si compliquées qu'elle ne voyait plus les oreillers blancs sur lesquels ses yeux étaient fixés, et ne se souvenait plus qu'elle attendait quoi que ce fût.

À la fin, elle entendit sa mère appeler. Elle bondit sur ses pieds et courut jusqu'à la rampe.

— Polly ! Polly !

— Oui, maman ?

— Descends, ma chérie. Mr Doran veut te parler.

Elle se souvint alors de ce qu'elle avait attendu tout ce temps.

*Un petit nuage*

Achab, abandonnant les commandements de l'Éternel, s'était mis à adorer Baal et Astarté. Élie lui dit alors : « L'Éternel est vivant, le Dieu d'Israël, dont je suis le serviteur ! Il n'y aura cette année-ci ni rosée ni pluie, *sinon à ma parole.* » Le « petit nuage » aperçu par le serviteur d'Élie annonce que la prédiction va se réaliser.

*Premier Livre des Rois,* XVI-XVIII.

Huit ans plus tôt, il avait accompagné son ami à la gare maritime du North Wall et lui avait souhaité bon voyage. Gallaher avait fait son chemin. Ça se voyait tout de suite à son air de grand voyageur, son complet de tweed bien coupé et son accent intrépide. Ils n'étaient pas nombreux à avoir autant de talents que lui, et ils étaient encore moins nombreux à ne pas être gâtés par un tel succès. C'était un chic type, au fond, et il avait mérité de réussir. C'était quelque chose d'avoir un pareil ami.

Depuis l'heure du déjeuner, les pensées de Little Chandler avaient tourné autour de sa rencontre avec Gallaher, de l'invitation de Gallaher et de cette grande ville de Londres où vivait Gallaher. On l'appelait Little Chandler parce que, tout en étant d'une taille à peine au-dessous de la moyenne, il vous donnait l'impression d'être un petit homme. Les mains étaient blanches et mignonnes, l'ossature frêle, la voix calme et les manières raffinées. Il prenait le plus grand soin de sa moustache et de ses cheveux blonds et soyeux ; son mouchoir était discrètement parfumé. Les lunules de ses ongles étaient parfaites et lorsqu'il souriait vous aperceviez la rangée de dents blanches d'une bouche enfantine.

Assis à son pupitre dans King's Inn, il songeait à tous les changements que ces huit années avaient apportés. L'ami à l'allure minable, l'indigent qu'il avait connu, était devenu une brillante figure de la presse londonienne. Il se détournait souvent de ses écritures fastidieuses pour regarder par la fenêtre du bureau. Un coucher de soleil rutilant, digne de cette fin d'automne, inondait les pelouses et les allées. Il faisait pleuvoir une bienfaisante poussière dorée sur les nourrices négligées et les vieillards décrépits qui sommeillaient sur les bancs ; il papillotait sur toutes les figures animées — sur les enfants criards courant dans les allées de gravier et sur les passants qui traversaient les jardins. Little Chandler observait la scène et pensait à la vie ; et (comme toujours quand il pensait à la vie) il devenait triste. Une douce mélancolie s'emparait de lui. Il éprouvait combien il était inutile de lutter contre la fortune, tel était l'accablant refrain que la sagesse des siècles lui avaient légué.

Il se souvenait des volumes de poésie alignés sur ses rayons, chez lui. Il les avait achetés alors qu'il était célibataire et souvent, le soir, assis dans la petite pièce donnant sur le vestibule, il avait eu la tentation d'en prendre un et de lire quelque chose à sa femme. Mais la timidité l'avait toujours retenu ; et c'est pourquoi les livres étaient restés sur leurs rayons. De temps en temps, il se répétait des vers et cela le consolait.

Lorsque son heure eut sonné, il se leva et prit congé de son pupitre et de ses collègues cérémonieusement. Silhouette modeste et soignée, il surgit du porche médiéval de King's Inns et descendit Henrietta Street d'un pas vif. Les ors du soleil couchant s'éteignaient et l'air était devenu piquant. Une horde d'enfants crasseux peuplaient la rue : debout et immobiles, ou courant au milieu de la rue, ou se traînant sur les marches devant les portes grandes ouvertes ou tapis telles des souris sur les seuils des maisons. Little Chandler ne leur accorda aucune attention. Il se faufilait adroitement dans tout ce grouillement de vie animale, à l'ombre des demeures lugubres et fantomatiques dans lesquelles la vieille noblesse de Dublin avait bamboché. Aucun souvenir du passé ne l'atteignait, car son esprit était tout à une joie bien présente.

Il n'était jamais entré chez Corless, mais il savait ce que le nom représentait. Il savait que les gens allaient là après le théâtre pour manger des huîtres et boire des liqueurs ; et il avait entendu dire que les garçons y parlaient français et allemand. En passant devant, très vite, le soir, il avait vu des fiacres arrêtés à la porte, et des dames richement habillées en descendre, accompagnées de leurs cavaliers, et entrer rapidement dans l'établissement. Elles portaient des robes bruissantes et d'innombrables châles. Elles avaient le visage poudré et soulevaient le bas de leur robe lorsqu'elles touchaient le sol, telles des Atalantes effarouchées. Il était toujours passé sans se détourner pour regarder. Il avait pour habitude de marcher rapidement dans la rue, même le jour, et, chaque fois qu'il se trouvait en ville tard, il hâtait le pas, agité et plein d'appréhension. Parfois, cependant, il jouait avec sa peur. Il choisissait les rues les plus sombres et les plus étroites et avançait hardiment, troublé par le silence dans lequel se détachaient ses pas, comme il était troublé par les silhouettes errantes et silencieuses ; et parfois un faible rire fugitif le faisait trembler comme une feuille.

Il tourna à droite en direction de Capel Street. Ignatius Gallaher journaliste à Londres ! Qui aurait cru la chose possible huit ans plus tôt ? Et pourtant, maintenant qu'il reconsidérait le passé, Little Chandler découvrait chez son ami de nombreux présages de grandeur. Les gens disaient qu'Ignatius Gallaher menait une vie dissolue. Bien sûr, c'est vrai qu'à l'époque il fréquentait une bande de noceurs, qu'il buvait pas mal et empruntait à droite et à gauche. Il avait fini par être impliqué dans une affaire douteuse, une histoire d'argent : c'est du moins ainsi que certains présentaient sa fuite. Mais personne ne lui déniait du talent. Il y avait toujours un petit… quelque chose chez Ignatius Gallaher qui vous impressionnait malgré vous. Même lorsqu'il était dépenaillé et aux abois, il sauvait la face. Little Chandler se souvenait (et le souvenir amena sur ses joues une bouffée d'orgueil) d'une expression favorite d'Ignatius Gallaher lorsqu'il avait le dos au mur :

— Repos, maintenant, les enfants, disait-il gaiement. Qu'on m'apporte mon bonnet cogitatif !

Ça, c'était Ignatius Gallaher tout craché ; et, fichtre, ça forçait votre admiration[1].

Little Chandler accéléra l'allure. Pour la première fois de sa vie, il se sentait supérieur aux gens qu'il croisait. Pour la première fois son âme se révoltait contre l'inélégance de Capel Street, si morne. Aucun doute, si on voulait réussir, il fallait s'en aller. À Dublin, on ne pouvait rien faire. En traversant Grattan Bridge, il regarda vers l'aval du fleuve et les quais inférieurs et s'apitoya sur les pauvres maisons chétives. On aurait dit une bande de clochards serrés le long des berges, avec leurs vieux manteaux couverts de poussière et de suie, stupéfiés par le panorama du couchant et attendant que la première fraîcheur nocturne les force à se lever, se secouer et s'en aller. Il se demandait s'il arriverait à écrire un poème pour exprimer l'idée qu'il avait là. Peut-être Gallaher pourrait le lui faire passer dans quelque journal de Londres. Pourrait-il écrire quelque chose d'original ? Il ne savait pas exactement quelle idée il désirait exprimer mais la pensée qu'un moment poétique l'avait touché prit vie en lui, tel un espoir naissant. Il poursuivit son chemin hardiment.

Chaque pas le rapprochait de Londres et l'éloignait de sa vie raisonnable et philistine. Une lumière

1. L'expression en question, *my considering cap*, n'est aucunement une trouvaille de Gallaher : elle a cours depuis environ trois cents ans.

se mit à trembloter à l'horizon de son esprit. Il n'était pas si vieux que cela — trente-deux ans. On pouvait dire que son tempérament atteignait juste sa maturité. Il y avait tant d'états d'âme et d'impressions variés qu'il désirait exprimer en vers. Il sentait leur présence en lui. Il essaya de jauger son âme, pour voir si c'était celle d'un poète. C'est la mélancolie qui constituait la dominante de son tempérament, pensait-il, mais c'était une mélancolie tempérée par des retours de la foi, de la résignation, des joies simples. S'il pouvait lui donner expression dans un recueil de poèmes, peut-être alors les hommes écouteraient-ils. Il ne serait jamais populaire : il le voyait bien. Il ne pourrait pas remuer les foules, mais peut-être attirerait-il un petit cercle d'esprits de la même race. Les critiques anglais, peut-être, reconnaîtraient en lui un membre de l'école celtique en raison de la tonalité mélancolique de ses poèmes ; de plus, il glisserait des allusions. Il se mit à inventer des phrases et des tournures pour les comptes rendus dont son livre ferait l'objet. « Mr Chandler a le don de composer des vers gracieux et bien venus… Ces poèmes sont pleins d'une tristesse nostalgique… Typiquement celte… » C'était dommage que son nom n'eût pas l'air plus irlandais. Peut-être vaudrait-il mieux glisser le nom de sa mère avant le sien : Thomas Malone Chandler, ou mieux encore : T. Malone Chandler. Il en parlerait à Gallaher.

Il poursuivit sa rêverie avec tant d'ardeur qu'il dépassa sa rue et dut revenir. En approchant de chez Corless, l'agitation du début se mit à le reprendre, et il s'arrêta, indécis, devant l'entrée. Finalement, il ouvrit la porte et entra.

La lumière et les bruits du bar le retinrent sur le seuil quelques instants. Il regarda autour de lui, mais avait la vue brouillée par l'éclat de tous les verres à vin rouges et verts. Le bar lui semblait plein de gens, et il sentait que ces gens l'observaient avec curiosité. Il jeta des coups d'œil rapides à droite et à gauche (fronçant légèrement les sourcils pour marquer le sérieux de son entreprise) mais lorsqu'il y vit plus clair, il s'aperçut que personne ne s'était détourné pour le regarder : et là, pas de doute, se trouvait Ignatius Gallaher, adossé au comptoir, campé bien à son aise.

— Salut, Tommy, comment vont les vieux de la vieille ? Qu'est-ce que ça sera ? Qu'est-ce que tu veux prendre ? Moi, je prends un whisky : meilleur que de l'autre côté de l'eau. Soda ? Eau lithinée ? Pas d'eau minérale ? Moi non plus. Ça gâche la saveur... Hé, *garçon*, donnez deux demi-whiskies de malt, si c'est un effet de votre bonté... Alors, comment ça s'est passé depuis la dernière fois ? Bon Dieu, ce qu'on peut vieillir ! Est-ce que tu remarques des signes — hein ? Un peu grisonnant et déplumé — hein ?

Ignatius Gallaher ôta son chapeau et découvrit une grosse tête aux cheveux coupés très court. Le visage était lourd, pâle et rasé de près. Les yeux, bleu ardoise, contrastaient avec sa pâleur malsaine et imposaient leur éclat au-dessus d'une cravate orange vif. Entre ces traits antagonistes, les lèvres s'allongeaient, informes et incolores. Il baissa la tête et tâta avec deux doigts apitoyés le sommet de son crâne aux cheveux clairsemés. Little Chandler fit de la tête un signe de dénégation. Ignatius Gallaher remit son chapeau.

— La vie de journaliste, dit-il, c'est ça qui vous tue. Toujours en train de se presser, de courir, de chercher de la copie, sans toujours la trouver : et puis avoir toujours quelque chose de nouveau à sortir. Moi, je dis : au diable les épreuves et les imprimeurs, pendant quelques jours. Je suis rudement content de revenir au pays, crois-moi. Ça vous fait du bien, un peu de vacances. C'est fou ce que je me sens mieux depuis que j'ai débarqué dans cette bonne vieille saloperie de Dublin… Voilà le tien, Tommy. De l'eau ? Tu m'arrêtes.

Little Chandler laissa arroser copieusement son whisky.

— Tu ne sais pas ce qui est bon, mon vieux, dit Ignatius Gallaher. Moi, je le bois sec.

— Je bois très peu, en règle générale, dit modestement Little Chandler. Un demi, à l'occasion, quand je rencontre un des vieux copains : c'est tout.

— Eh bien, dit Ignatius Gallaher gaiement, à notre santé, au bon vieux temps, et aux vieux amis.

Ils trinquèrent à ces intentions.

— J'en ai rencontré quelques-uns de la bande aujourd'hui, dit Ignatius Gallaher. O'Hara m'a l'air de filer un mauvais coton. Qu'est-ce qu'il fait ?

— Rien, dit Little Chandler. Il a mal tourné.

— Mais Hogan a une bonne place, n'est-ce pas ?

— Oui, il est à la Commission agraire.

— Je l'ai rencontré un soir à Londres, et il semblait en fonds… Ce pauvre O'Hara ! C'est la chopine, probablement ?

— D'autres choses aussi, dit Little Chandler brièvement.

Ignatius Gallaher rit.

— Tommy, dit-il, je vois que tu n'as pas changé d'un poil. Tu es exactement le même garçon sérieux qui me sermonnait tous les dimanches matin quand j'avais mal aux cheveux et la langue chargée. Il faudrait que tu voies un peu de pays. Tu n'es jamais allé nulle part, même pas un petit voyage ?

— Je suis allé dans l'île de Man, dit Little Chandler.

Ignatius Gallaher rit.

— L'île de Man ! dit-il. Va à Londres ou à Paris : Paris si tu as le choix. Ça te ferait du bien.

— Est-ce que tu connais Paris ?

— Et comment ! J'y ai un peu roulé ma bosse.

— Et est-ce que c'est vraiment aussi beau qu'on le dit ? demanda Little Chandler.

Il but une petite gorgée tandis qu'Ignatius Gallaher finissait carrément son verre.

— Beau ? dit Ignatius Gallaher, s'arrêtant pour considérer le mot et la saveur de son whisky. Ça n'est pas tellement beau, tu sais. Bien sûr, c'est beau… Mais c'est plutôt la vie parisienne ; c'est ça qui vaut la peine. Ah, rien ne vaut Paris pour ce qui est de la gaieté, du mouvement, de l'animation…

Little Chandler finit son whisky et, avec quelque difficulté, parvint à attirer l'attention du barman. Il commanda la même chose.

— Je suis allé au Moulin Rouge, continua Ignatius Gallaher, lorsque le barman eut enlevé leurs verres, et dans tous les cafés pour artistes. Plutôt salé ! C'est pas pour un type sage comme toi, Tommy.

Little Chandler ne dit rien jusqu'au retour du barman, porteur des deux verres ; puis il toucha légèrement le verre de son ami et rendit le toast précédent. Il commençait à se sentir un peu désenchanté. L'accent de Gallaher et sa façon de s'exprimer ne lui plaisaient pas. Il y avait chez son ami quelque chose de vulgaire qu'il n'avait jamais remarqué auparavant. Mais peut-être était-ce seulement le résultat de cette vie qu'il menait à Londres, dans ces milieux de journalistes où règnent agitation et rivalités. Le charme personnel de jadis subsistait sous la nouvelle manière trop voyante. Et, après tout, Gallaher avait vécu, avait vu du pays. Little Chandler regardait son ami avec envie.

— À Paris, tout est gai, dit Ignatius Gallaher. Ils sont convaincus qu'il faut profiter de la vie — tu penses pas qu'ils ont raison ? Si tu veux vraiment t'amuser, c'est là qu'il faut aller. Et, remarque, les Irlandais ont la cote, là-bas. Quand ils ont su que j'en étais un, mon vieux, j'ai cru que je m'en sortais pas vivant.

Little Chandler avala quatre ou cinq petites gorgées.

— Dis-moi, est-il vrai que Paris a autant de… débauche qu'on le dit ?

Ignatius Gallaher eut un geste proprement catholique du bras droit.

— Il y a de la débauche partout, dit-il. Bien sûr, tu trouves des trucs salés à Paris. Par exemple si tu vas à un bal d'étudiants. Il y a de l'animation, je crois bien, quand les *cocottes* commencent à se déchaîner. Quand je dis *cocottes*, je pense que tu sais ce que ça veut dire ?

— J'en ai entendu parler, dit Little Chandler.

Ignatius Gallaher termina son whisky et hocha la tête.

— Ah, dit-il, tu peux dire ce que tu veux. Rien ne vaut une Parisienne — pour ce qui est de l'allure, du chien.

— C'est donc une ville de débauche, dit Little Chandler avec une timide insistance — je veux dire, comparée à Londres ou à Dublin ?

— Londres ! dit Ignatius Gallaher. C'est bonnet blanc et blanc bonnet. Mon vieux, demande à Hogan. Je lui ai un peu montré Londres quand il est venu. Il te fera changer d'idée… Dis donc, Tommy, tu vas en faire du punch, de ton whisky : liquide-le.

— Non, je t'assure…

— Allons, allons, ça n'est pas un autre qui va te faire du mal. Qu'est-ce que ça sera ? La même chose, je suppose ?

— Eh bien… d'accord.

— *François*, la même chose… Tu fumes, Tommy ?

Ignatius Gallaher sortit son étui. Les deux amis allumèrent leur cigare et tirèrent des bouffées en silence jusqu'à l'arrivée de leurs consommations.

— Veux-tu que je te dise, fit Ignatius Gallaher émergeant au bout d'un moment des nuages de fumée où il avait trouvé refuge, on vit dans un drôle de monde. Parlons de débauche ! Il y a des histoires qu'on m'a racontées — qu'est-ce que je dis ? — j'étais présent : des histoires de... débauche...

Ignatius Gallaher tira pensivement sur son cigare, puis, du ton calme de l'historien, se mit en devoir d'esquisser pour son ami quelques tableaux de la corruption qui régnait à l'étranger. Il résuma les vices de nombreuses capitales et parut enclin à accorder la palme à Berlin. Il y avait des choses dont il ne pouvait se porter garant (il les tenait d'amis), mais il en était d'autres qu'il connaissait par expérience. Il n'épargna ni rang ni caste. Il révéla de nombreux secrets des maisons religieuses du Continent et décrivit quelques-unes des pratiques à la mode dans la haute société, terminant par un récit détaillé qui mettait en cause une duchesse anglaise, récit qu'il savait véridique. Little Chandler était stupéfait.

— Eh oui, disait Ignatius Gallaher, ici nous sommes dans le train-train provincial de ce vieux Dublin, où l'on ignore tout de ces choses.

— Comme ça doit te paraître morne, dit Little Chandler, après tous ces endroits que tu as vus.

— Eh bien, tu sais, dit Ignatius Gallaher, ça détend de venir ici. Et après tout, c'est le pays des ancêtres, comme on dit, pas vrai ? Il n'y a rien à faire, on y est attaché. C'est la nature humaine… Mais parle-moi un peu de toi. Hogan m'a dit que tu avais… goûté aux joies conjugales. Il y a deux ans, c'est ça ?

Little Chandler rougit et sourit.

— Oui, dit-il, je me suis marié il y a eu un an en mai dernier.

— J'espère qu'il n'est pas trop tard pour t'offrir mes meilleurs vœux, dit Ignatius Gallaher. Je ne savais pas ton adresse, sans quoi je l'aurais fait à l'époque.

Il tendit la main, que Little Chandler serra.

— Eh bien, Tommy, mon vieux, dit-il, je vous souhaite, à toi et à ton épouse, toutes les joies possibles, de l'argent à la pelle, et une santé à l'épreuve des balles. Et ce sont les vœux d'un ami sincère, d'un vieil ami. J'espère que tu le sais ?

— Oui, je le sais, dit Little Chandler.

— Tu as des gosses ? dit Ignatius Gallaher.

Little Chandler rougit à nouveau.

— Nous avons un enfant, dit-il.

— Un fils ou une fille ?

— Un petit garçon.

Ignatius Gallaher donna à son ami une claque sonore dans le dos.

— Bravo, dit-il, je savais qu'on pouvait compter sur toi, Tommy.

Little Chandler sourit, regarda son verre d'un air confus, et trois incisives, blanches comme celles d'un enfant, mordirent sa lèvre inférieure.

— J'espère que tu passeras une soirée chez nous,

dit-il, avant ton départ. Ma femme sera ravie de faire ta connaissance. Nous pourrons faire un peu de musique et…

— Merci infiniment, mon vieux, dit Ignatius Gallaher. Je regrette qu'on ne se soit pas rencontrés plus tôt. Mais je dois partir demain soir.

— Ce soir, peut-être… ?

— Vraiment désolé, mon vieux. C'est que je suis venu avec un copain, un jeune dégourdi, soit dit en passant, et on a prévu d'aller faire une petite partie de cartes. S'il n'y avait pas eu ça…

— Ah, dans ce cas…

— Mais qui sait ? dit Gallaher avec délicatesse. L'année prochaine, je ferai peut-être un petit saut ici, maintenant que j'ai brisé la glace. Ce n'est que partie remise.

— Très bien, dit Little Chandler, la prochaine fois que tu viendras, il faudra absolument passer une soirée ensemble. C'est bien entendu, n'est-ce pas ?

— Oui, c'est entendu, dit Ignatius Gallaher. L'année prochaine, si je viens, *parole d'honneur.*

— Et pour conclure l'affaire, dit Little Chandler, on va juste en prendre encore un maintenant.

Ignatius Gallaher sortit une grosse montre en or et y jeta un coup d'œil.

— Est-ce que ce sera le dernier ? dit-il. Parce que, tu sais, j'ai un rencart.

— Oh, oui, c'est sûr, dit Little Chandler.

— Alors, très bien, dit Ignatius Gallaher, un

autre, en guise de *deoc an doruis*[1] — je crois que c'est comme ça qu'on dit un petit whisky, dans le pays.

Little Chandler passa la commande. La rougeur qui lui était montée au visage un moment auparavant s'installait. Un rien suffisait à le faire rougir en temps ordinaire : et maintenant il se sentait échauffé et excité. Trois petits whiskies lui étaient montés à la tête, et le fort cigare de Gallaher lui avait troublé l'esprit, car il était délicat et sobre. Ç'avait été une aventure de rencontrer Gallaher au bout de huit ans, de se retrouver avec Gallaher chez Corless au milieu des lumières et du bruit, d'écouter les histoires de Gallaher, de partager pendant un bref moment la vie vagabonde et triomphale de Gallaher, et l'équilibre de sa nature sensible en avait été rompu. Il ressentait avec acuité le contraste existant entre sa propre vie et celle de son ami, et le contraste lui paraissait injuste. Gallaher lui était inférieur par la naissance et par l'éducation. Il était sûr qu'il pourrait accomplir quelque chose de supérieur à ce que son ami avait jamais fait, ou ferait jamais, quelque chose de plus élevé que du simple journalisme tape-à-l'œil, si seulement la chance lui était offerte. Qu'est-ce donc qui lui barrait le chemin ? Sa malencontreuse timidité ! Il désirait se justifier d'une façon ou d'une autre, affirmer sa virilité. Il voyait bien pourquoi, au fond, Gallaher avait refusé son invitation. Le ton amical de Gallaher n'était que condescendance, tout

1. En gaélique, le coup de l'étrier.

comme était pure condescendance sa visite en Irlande.

Le barman leur apporta leurs consommations. Little Chandler poussa un verre en direction de son ami et prit l'autre avec autorité.

— Qui sait ? dit-il alors qu'ils levaient leurs verres. Quand tu viendras l'an prochain, j'aurai peut-être le plaisir de souhaiter longue vie et bonheur à Mr et Mrs Ignatius Gallaher.

Ignatius Gallaher, qui était en train de boire, eut un clin d'œil expressif par-dessus le bord de son verre. Lorsqu'il eut fini, il fit claquer ses lèvres d'un air péremptoire, posa son verre et dit :

— Mon vieux, tu n'as fichtre pas à t'en faire pour ça. Je vais commencer par m'en payer une bonne tranche, faire un peu la vie, circuler un peu, avant de me mettre la corde au cou — si ça doit jamais arriver.

— Ça arrivera bien un jour, dit Little Chandler calmement.

Ignatius Gallaher braqua sa cravate orange et ses yeux bleu ardoise sur son ami.

— Tu crois ça ? dit-il.

— Tu te mettras la corde au cou, répéta résolument Little Chandler, comme tout le monde, si tu trouves la fille.

Il avait légèrement forcé le ton et eut conscience de s'être trahi ; mais, bien que la couleur de ses joues se fût accentuée, il soutint le regard de son ami. Gallaher l'observa quelques instants, puis dit :

— Si jamais ça arrive, tu peux parier ton dernier

dollar que ça sera pas pour l'amourette et le sentiment. Je compte bien épouser un gros sac. Il faudra qu'elle ait un bon compte en banque, ou bien alors elle ne fera pas l'affaire.

Little Chandler hocha la tête.

— Eh là, dis donc, fit Ignatius Gallaher véhémentement, qu'est-ce que tu crois ? Je n'ai qu'un mot à dire et demain j'ai la femme et le fric. Tu ne me crois pas ? Eh bien, moi, je sais ce qu'il en est. Il y a des centaines — qu'est-ce que je dis — des milliers d'Allemands et de Juifs, riches, pourris d'argent, qui seraient trop heureux... Attends un petit peu, mon vieux. Tu verras si je ne sais pas abattre mes cartes. Quand je m'occupe de quelque chose, crois-moi, c'est du sérieux. Attends et tu verras.

Il porta son verre à la bouche d'un mouvement sec, le vida, et eut un rire bruyant. Puis regardant devant lui pensivement, il dit d'un ton plus calme :

— Mais je ne suis pas pressé. Elles peuvent attendre. Tu sais, je ne me vois pas encore ficelé à une seule femme.

Il fit mine de goûter, et grimaça.

— À mon avis, ça doit un peu s'éventer.

. . . . . . . . . . . . . . . . . . . . . . .

Little Chandler, assis dans la petite pièce donnant sur le vestibule, tenait un enfant dans ses bras. Pour faire des économies, ils n'avaient pas de domestiques, mais Monica, la jeune sœur d'Annie, venait aider une heure ou deux matin et soir. Seulement, Monica était retournée chez elle depuis longtemps. Il était neuf heures moins le quart. Little Chandler était rentré en retard pour le thé et par-dessus le marché avait oublié de rapporter à Annie le paquet de café de chez Bewley. Bien sûr, elle était de mauvaise humeur et répondait sèchement. Elle dit qu'elle se passerait de thé, mais quand la boutique du coin fut sur le point de fermer, elle décida de sortir elle-même chercher un quart de thé et deux livres de sucre. Elle glissa l'enfant endormi dans les bras de son mari et dit :

— Voilà. Ne le réveille pas.

Une petite lampe à abat-jour de porcelaine blanche se trouvait sur la table et sa lumière tombait sur une photographie enfermée dans un cadre de corne gondolé. C'était une photo d'Annie. Little Chandler la considéra, arrêtant son regard sur les lèvres minces et serrées. Elle portait le corsage d'été bleu pâle qu'il lui avait rapporté en cadeau un samedi. Il lui avait coûté dix shillings onze pence ; mais ce qu'il avait coûté à sa timidité était incalculable ! Comme il avait souffert ce jour-là ! Il lui avait fallu attendre à la porte que le magasin fût vide, rester devant le comptoir en prenant un air dégagé tandis que l'employée empilait devant lui des corsages, payer à la caisse en oubliant de ramasser le penny qu'on lui avait rendu, être rappelé par la caissière et finalement tâcher de dissimuler sa rougeur au moment de sortir en examinant le paquet pour s'assurer qu'il était solidement ficelé. Quand il rapporta le corsage à la maison, Annie l'embrassa et lui dit qu'il était très joli et très chic ; mais quand elle entendit le prix, elle le jeta sur la table en disant que c'était du vol de faire payer cela dix shillings onze. Elle voulut d'abord le rapporter mais, après l'avoir essayé, elle fut ravie, en particulier à cause de la coupe des manches, et elle l'embrassa en disant qu'il était très gentil de penser à elle.

Hm !...

Il regarda avec froideur les yeux de la photographie, qui lui répondirent avec la même froideur. Certes ils étaient jolis, et le visage était joli. Mais il lui trouvait quelque chose de mesquin. Pourquoi ce visage faisait-il si absent, si grande dame ? Le parfait sang-froid de ces yeux l'irritait. Ils le repoussaient et le défiaient : ils n'exprimaient aucune passion, aucune ivresse. Il pensait à ce que Gallaher avait dit des riches Juives. Ces sombres regards orientaux, se disait-il, comme ils sont pleins de passion, de désirs voluptueux !... Pourquoi avait-il épousé les yeux de la photographie ?

À cette question, il se reprit et jeta un regard inquiet autour de lui. Il trouva que les jolis meubles achetés à tempérament avaient quelque chose de mesquin. Annie les avait choisis elle-même et ils la lui rappelaient. Eux aussi étaient jolis et petit-bourgeois. Un sourd ressentiment s'éveilla en lui à l'égard de la vie qu'il menait. Ne pouvait-il s'échapper de sa petite maison ? Était-il trop tard pour tenter de vivre avec panache comme Gallaher ? Ne pouvait-il aller à Londres ? Il n'avait pas fini de payer ses meubles. Si seulement il pouvait écrire un livre et le faire publier, cela lui permettrait peut-être de percer.

Un volume de poèmes de Byron était posé devant lui sur la table. Il l'ouvrit avec précaution de la main gauche de peur d'éveiller l'enfant, et se mit à lire le premier poème du livre :

*Dans le calme de l'air et du soir ténébreux*
*Quand pas même un zéphyr ne parcourt le bosquet*
*Je m'en viens contempler le tombeau poussiéreux*
*Et apporter des fleurs à celle que j'aimais*[1].

Il s'arrêta un instant. Il sentait le rythme des vers vibrer autour de lui dans la pièce. Comme c'était mélancolique ! Pourrait-il lui aussi écrire de la sorte, exprimer en vers la mélancolie de son âme ? Il y avait tant de choses qu'il voulait décrire : la sensation qu'il avait éprouvée quelques heures auparavant sur Grattan Bridge, par exemple. S'il pouvait se remettre dans cet état d'âme…

L'enfant s'éveilla et se mit à pleurer. Se détournant de son livre, Little Chandler essaya de le faire taire ; mais l'enfant ne voulait pas se taire. Il se mit à le bercer dans ses bras, mais les vagissements se firent plus aigus. Il le berça plus vite, tandis que ses yeux se mettaient à lire la seconde strophe :

*Dans l'étroite cellule repose cet argile*
*Cet argile où naguère…*

1. Début du poème de Lord Byron *On the Death of a Young Lady.*

C'était inutile. Il ne pouvait pas lire. Il ne pouvait rien faire. Le vagissement de l'enfant lui perçait le tympan. Inutile, c'était inutile ! Il était prisonnier à vie. Ses bras tremblaient de colère et tout à coup, se penchant vers le visage de l'enfant, il cria :

— Assez !

L'enfant s'arrêta un instant, eut un spasme de frayeur et se mit à hurler. Little Chandler bondit de sa chaise et arpenta la pièce avec vivacité, l'enfant dans les bras. Celui-ci se mit à sangloter pitoyablement, perdant le souffle pendant quatre ou cinq secondes, puis recommençant de plus belle. Les minces cloisons de la pièce renvoyaient l'écho. Il essaya de l'apaiser, mais ses sanglots n'en étaient que plus convulsifs. Il regarda le visage contracté et tremblant de l'enfant et se mit à prendre peur. Il compta sept sanglots successifs et, saisi de panique, serra l'enfant contre sa poitrine. S'il mourait !…

On ouvrit la porte brutalement et une jeune femme entra en courant, hors d'haleine.

— Qu'est-ce qui se passe ? Qu'est-ce qui se passe ? s'écria-t-elle.

L'enfant, entendant la voix de sa mère, redoubla de sanglots.

— Ce n'est rien, Annie… ce n'est rien… Il s'est mis à pleurer…

Elle jeta ses paquets sur le sol et lui arracha l'enfant.

— Que lui as-tu fait ? cria-t-elle, braquant sur lui des yeux furibonds.

Little Chandler en soutint un moment le regard et son cœur se referma sur lui-même en rencontrant la haine qui les emplissait. Il se prit à balbutier :

— Ce n'est rien… Il… il s'est mis à crier… Je n'ai pas pu… Je n'ai rien fait… Quoi ?

Sans lui accorder la moindre attention, elle se mit à marcher de long en large, étreignant l'enfant dans ses bras et murmurant :

— Mon petit homme ! Mon petit bonhomme ! On a eu peur, hein, mon amour ?… Allons, mon amour ! Allons !… Mon agnelet ! Le petit agneau de sa maman !… Allons, allons !

Little Chandler sentit la honte envahir ses joues et il recula hors de la lumière. Il écouta la crise de sanglots de l'enfant diminuer peu à peu ; et des pleurs de remords lui montèrent aux yeux.

# *Un cas douloureux*

Mr James Duffy habitait Chapelizod parce qu'il souhaitait vivre aussi loin que possible de la ville dont il était le citoyen et parce qu'il trouvait tous les autres faubourgs de Dublin mesquins, modernes et prétentieux. Il habitait une vieille maison sombre et de ses fenêtres son regard pouvait plonger dans la distillerie désaffectée ou remonter la maigre rivière sur laquelle Dublin est construite. Les très hauts murs de sa chambre dépourvue de tapis n'étaient pas encombrés de tableaux. Il avait acheté lui-même chaque article d'ameublement de cette pièce : un lit de fer noir, une table de toilette en fer, quatre chaises cannées, un porte-vêtements, un seau à charbon, un garde-feu et des chenets, et une table carrée sur laquelle était posé un pupitre double. Des rayonnages de bois blanc installés dans un renfoncement constituaient une bibliothèque. Le lit était revêtu de couvertures blanches et un plaid noir et rouge vif garnissait le pied. Un petit miroir portatif était accroché au-dessus de la table de toilette et dans la journée une lampe à abat-jour blanc constituait le seul ornement de la cheminée. Sur les rayonnages de bois blanc les livres étaient disposés de bas en haut selon leur grosseur. Les œuvres complètes de Wordsworth se trouvaient à une extrémité du rayon inférieur et un exemplaire du *Catéchisme de Maynooth*, sur lequel on avait cousu la couverture toilée d'un carnet, se trouvait à une extrémité du rayon supérieur. Il y avait toujours de quoi écrire sur le pupitre. Dans celui-ci se trouvaient le manuscrit d'une traduction du *Michael Kramer* de Hauptmann, dont les indications scéniques étaient écrites à l'encre violette, et une petite liasse de papiers retenus par une épingle de laiton. Sur ces feuilles venait s'inscrire de temps à autre une phrase et, dans un moment d'ironie, on avait collé sur la première feuille l'en-tête d'une publicité pour les *Petites Pilules pour la bile.* Lorsqu'on levait le couvercle du pupitre, il s'échappait un léger parfum — celui de crayons neufs en bois de cèdre ou d'un flacon de gomme arabique ou d'une pomme trop mûre qu'on eût peut-être laissée là et oubliée.

Mr Duffy avait horreur de tout ce qui était signe de désordre physique ou mental. Un docteur du Moyen Âge l'aurait qualifié de saturnien. Son visage, sur lequel se lisait le conte entier de ses années, avait la couleur brune des rues de Dublin. Sur sa tête allongée et plutôt forte poussaient des cheveux noirs, secs, et une moustache roussâtre recouvrait mal une bouche peu avenante. Ses pommettes aussi donnaient à son visage un caractère dur ; mais il n'y avait nulle dureté dans les yeux qui, regardant le monde par-dessous leurs sourcils roussâtres, donnaient l'impression d'un homme toujours prompt à saluer chez les autres le trait de nature susceptible de les racheter, espoir souvent déçu. Il vivait un peu à distance de son corps, considérant ses actes d'un regard oblique et dubitatif. Il avait une singulière habitude autobiographique qui, de temps en temps, lui faisait composer dans sa tête une petite phrase le concernant et comportant un sujet à la troisième personne et un prédicat au passé. Il ne faisait jamais l'aumône aux mendiants et marchait d'un pas assuré, tenant à la main une solide canne de coudrier.

Il était depuis de nombreuses années caissier dans une banque privée de Baggot Street. Il arrivait tous les matins de Chapelizod par le tram. À midi il se rendait chez Dan Burke pour déjeuner — une bouteille de lager et un petit plateau de biscuits d'arrowroot. On le libérait à quatre heures. Il dînait dans un petit restaurant de George's Street où il se sentait en sécurité loin de la société de la jeunesse dorée dublinoise et où le menu avait quelque chose d'à la fois simple et honnête. Ses soirées, il les passait soit devant le piano de sa propriétaire, soit à errer à la lisière de la ville. Son goût pour la musique de Mozart le conduisait parfois à l'opéra ou au concert : telles étaient les seules dissipations de son existence.

Il n'avait ni compagnons, ni amis, ni Église, ni foi. Sa vie spirituelle, il la menait sans communion aucune avec autrui, rendant visite aux membres de sa famille pour Noël et les accompagnant au cimetière lorsqu'ils mouraient. Il accomplissait ces deux devoirs mondains par respect pour les anciens usages mais il ne faisait pas d'autres sacrifices aux conventions qui règlent la vie en société. Il s'autorisait à penser que dans certaines circonstances il volerait sa banque mais, comme ces circonstances ne surgirent jamais, sa vie se déroula sans heurts — tel un conte sans aventures.

Un soir à la Rotonde il se trouva assis à côté de deux dames. La salle à peu près vide et silencieuse laissait présager un désolant fiasco. La dame assise à côté de lui jeta un ou deux regards sur la salle déserte puis dit :

— Quel dommage qu'il y ait si peu de monde ce soir ! C'est si dur pour les artistes de devoir chanter devant des banquettes vides.

Il prit cette remarque comme une invite à converser. Il fut surpris de trouver la dame si peu embarrassée. Tout en conversant il essaya de la fixer dans sa mémoire de façon définitive. Lorsqu'il apprit que la jeune personne assise à côté d'elle était sa fille, il jugea qu'elle devait avoir environ un an de moins que lui. Son visage, qui avait dû être beau, était resté intelligent. Il était ovale, avec des traits fortement marqués. Les yeux, d'un bleu très sombre, étaient assurés. Le regard au début comportait une note de défi, mais se troublait ensuite, la pupille paraissait, comme à dessein, se pâmer dans l'iris, révélant, l'espace d'un instant, un tempérament d'une grande sensibilité. La pupille recouvrait bientôt sa maîtrise, cette nature à demi dévoilée retombait sous l'empire de la prudence, et la veste d'astrakan de la dame, en moulant une gorge d'une certaine plénitude, faisait entendre plus distinctement la note de défi.

Il la rencontra de nouveau quelques semaines plus tard lors d'un concert donné à Earlsfort Terrace, et saisit les instants où l'attention de sa fille était distraite pour établir des relations plus intimes. Elle fit une ou deux fois allusion à son mari, mais le ton n'était pas tel que l'on dût sentir là un avertissement. Elle s'appelait Mrs Sinico. L'arrière arrière-grand-père de son mari était venu de Livourne. Son mari commandait un bateau marchand faisant la navette entre Dublin et la Hollande ; et ils avaient un seul enfant.

La rencontrant une troisième fois accidentellement, il trouva le courage de lui donner rendez-vous. Elle vint. Ce fut la première d'une longue suite de rencontres ; c'était toujours le soir, et ils choisissaient les quartiers les plus calmes pour se promener ensemble. Cependant, Mr Duffy détestait les cachotteries et, découvrant qu'ils étaient contraints de se retrouver furtivement, il l'obligea à l'inviter chez elle. Le capitaine Sinico encouragea ses visites, pensant que la main de sa fille était en cause. Il avait sincèrement écarté sa femme de la galerie de ses plaisirs, au point de ne pas soupçonner que quelqu'un d'autre pût s'intéresser à elle. Comme le mari était souvent absent et la fille sortie pour donner des leçons de musique, Mr Duffy avait de nombreuses occasions de jouir de la société de la dame. Ni lui ni elle n'avait eu auparavant pareille aventure et ni l'un ni l'autre n'avait conscience d'agir de façon incongrue. Petit à petit il enchevêtra ses pensées aux siennes. Il lui prêta des livres, l'alimenta en idées, lui fit partager sa vie intellectuelle. Elle écouta tout.

Parfois en échange de ses théories elle révélait quelque fait de sa propre existence. Avec une sollicitude presque maternelle elle le poussait à laisser s'épanouir sa nature ; elle devint son confesseur. Il lui raconta qu'il avait assisté pendant quelque temps aux réunions d'un Parti Socialiste Irlandais où il s'était senti un personnage bien isolé au milieu d'une vingtaine d'ouvriers pleins de modération réunis dans un galetas éclairé par une lampe à huile inefficace. Quand le parti s'était scindé en trois sections, chacune sous son chef et dans son galetas, il avait cessé d'assister aux réunions. Les discussions des ouvriers, disait-il, étaient trop timorées ; l'intérêt qu'ils accordaient aux questions de salaires était excessif. Il avait le sentiment que c'étaient des réalistes taillés à coups de serpe, offensés par une rigueur qui était le produit de loisirs pour eux inaccessibles. On ne pouvait pas s'attendre, lui dit-il, à voir une révolution sociale s'abattre sur Dublin avant quelques siècles.

Elle lui demanda pourquoi il ne rédigeait pas ses pensées. À quoi bon ? lui demanda-t-il avec un mépris bien pesé. Pour faire concurrence à des phraseurs incapables de pensées suivies pendant soixante secondes ? Pour se soumettre aux critiques d'une bourgeoisie obtuse qui confiait sa moralité aux agents de police et ses beaux-arts aux imprésarios ?

Il allait souvent la voir dans sa petite maison à l'extérieur de Dublin ; souvent ils passaient leurs soirées seuls. Petit à petit, à mesure que leurs pensées s'enchevêtraient, ils abordaient des sujets moins lointains. La compagnie de cette femme avait l'effet d'une terre chaude sur une plante exotique. Bien souvent elle laissa l'obscurité les envelopper, s'abstenant d'allumer la lampe. La pièce sombre et discrète, leur isolement, la musique qui vibrait encore à leurs oreilles, tout les unissait. Lui, cette union l'exalta, adoucit les arêtes rugueuses de son caractère, teinta d'émotions sa vie mentale. Parfois il se surprenait à écouter le son de sa propre voix. Il pensait que sous les yeux de son amie il s'élèverait à une stature angélique ; et, tandis qu'il s'attachait de plus en plus étroitement la nature fervente de sa compagne, il entendait l'étrange voix impersonnelle qu'il reconnaissait pour sienne insister sur l'incurable solitude de l'âme. Nous ne pouvons nous donner, disait cette voix : nous n'appartenons qu'à nous-même. La conclusion de ces discours fut qu'un soir où elle avait montré tous les signes d'une excitation insolite Mrs Sinico s'empara de sa main avec passion et la pressa contre sa joue.

Mr Duffy fut extrêmement surpris. L'interprétation qu'elle donnait de ses paroles le désillusionna. Il ne lui rendit pas visite d'une semaine ; puis il lui écrivit pour lui demander de le rencontrer. Parce qu'il ne souhaitait pas que leur dernier entretien fût troublé par l'influence de leur confessionnal maintenant en ruine, la rencontre eut lieu dans une petite pâtisserie proche de l'entrée de Phoenix Park. Il faisait un temps d'automne, froid, en dépit duquel cependant ils errèrent pendant près de trois heures dans les allées du parc. Ils convinrent de rompre leurs relations : tout lien, dit-il, nous lie à l'affliction. En sortant du parc, ils se dirigèrent sans parler vers le tram ; mais là elle se mit à trembler si violemment que, redoutant de la voir s'effondrer à nouveau, il lui fit rapidement ses adieux et la quitta. Quelques jours plus tard il recevait un paquet contenant ses livres et ses partitions.

Quatre ans s'écoulèrent. Mr Duffy reprit son mode de vie uniforme. Sa chambre témoignait encore de son esprit d'ordre. Quelques nouvelles partitions encombraient le casier à musique de la pièce du bas et sur ses rayons se trouvaient deux volumes de Nietzsche : *Ainsi parlait Zarathoustra* et *Le Gai Savoir*. Il écrivait rarement dans la liasse de papiers déposée dans son pupitre. Une de ses sentences, écrite deux mois après sa dernière entrevue avec Mrs Sinico, était ainsi rédigée : L'amour entre deux hommes est impossible parce qu'il ne doit pas y avoir de relation sexuelle et l'amitié entre un homme et une femme est impossible parce qu'il doit y avoir une relation sexuelle. Il évitait les concerts de peur de la rencontrer. Son père mourut ; le second associé de la banque se retira des affaires. Et il continuait d'aller en ville tous les matins par le tram et de revenir à pied tous les soirs après avoir dîné frugalement dans George's Street et lu le journal du soir en guise de dessert.

Un soir, alors qu'il allait mettre dans sa bouche un morceau de corned beef au chou, sa main s'arrêta. Ses yeux se fixèrent sur un entrefilet du journal du soir qu'il avait calé contre la carafe d'eau. Il reposa le morceau dans son assiette et lut l'entrefilet avec attention. Puis il but un verre d'eau, écarta son assiette, plaça devant lui entre ses coudes le journal plié en deux et se mit à lire et relire l'entrefilet. Le chou commençait à laisser sur son assiette un dépôt blanc de graisse refroidie. La serveuse vint lui demander si son dîner était mal préparé. Il dit qu'il était très bon et en mangea quelques bouchées avec difficulté. Puis il régla l'addition et sortit.

Il s'en alla d'un pas vif dans le crépuscule de novembre, sa solide canne de coudrier frappant le sol à intervalles réguliers, le bord jaune chamois du *Mail* pointant hors d'une poche de sa capote très ajustée. Sur la route déserte qui conduit de l'entrée de Phoenix Park à Chapelizod, il ralentit le pas. Sa canne frappait le sol avec moins d'assurance et son souffle irrégulier, où l'on aurait presque perçu des soupirs, se condensait dans l'air glacé. Lorsqu'il atteignit sa maison, il monta immédiatement dans sa chambre et, tirant le journal de sa poche, relut l'entrefilet à la lumière défaillante qui tombait de la fenêtre. Il ne le lut pas tout haut, mais en remuant les lèvres comme un prêtre lisant les prières *Secreto.* L'entrefilet était ainsi rédigé :

MORT D'UNE DAME À SYDNEY PARADE
– UN CAS DOULOUREUX –

Aujourd'hui, à l'Hôpital Civil de Dublin, le coroner adjoint (en l'absence de Mr Leverett) a ouvert une enquête au sujet de la mort de Mrs Emily Sinico, âgée de quarante-trois ans, tuée hier soir à la gare de Sydney Parade. Les témoignages indiquent que la victime a été renversée par la locomotive de l'omnibus de dix heures en provenance de Kingstown, alors qu'elle tentait de traverser la voie, et qu'elle a subi de ce fait des blessures à la tête et au côté droit qui ont entraîné la mort.

James Lennon, conducteur de la locomotive, déclara qu'il était au service de la Compagnie depuis quinze ans. Au coup de sifflet du chef de train, il avait mis la machine en marche et une seconde ou deux plus tard il l'avait immobilisée, en réponse aux grands cris qui se faisaient entendre. Le train allait lentement.

P. Dunne, porteur, déclara que, au moment où le train allait partir, il avait remarqué une dame qui essayait de traverser les voies. Il avait couru vers elle et crié mais, avant qu'il ait pu l'atteindre, elle avait été accrochée par le tampon de la machine et jetée au sol.

Un juré : Vous avez vu tomber cette dame ?

Le témoin : Oui.

Le sergent Croly déclara qu'en arrivant il avait trouvé la défunte étendue sur le quai, apparemment morte. Il avait fait porter le corps dans la salle d'attente, où ce dernier était resté jusqu'à l'arrivée de l'ambulance.

Cette déposition fut corroborée par l'agent 57 E.

Le docteur Halpin, interne en chirurgie de l'Hôpital Civil de Dublin, déclara que la défunte avait eu deux côtes inférieures fracturées et avait subi de graves contusions à l'épaule. Dans sa chute, elle s'était blessée au côté droit de la tête. Les blessures n'étaient pas suffisantes pour entraîner la mort chez une personne normale. La mort, à son avis, était probablement due au choc et à un arrêt brutal du cœur.

Mr H. B. Patterson Finlay, parlant au nom de la Compagnie des Chemins de Fer, exprima ses profonds regrets au sujet de l'accident. La Compagnie avait toujours pris toutes précautions pour empêcher la traversée des voies en dehors des passerelles, à la fois en plaçant des avis dans chaque gare et en utilisant aux passages à niveau des portillons brevetés à fermeture automatique. La défunte avait l'habitude de traverser les voies tard le soir en passant d'un quai à un autre et, eu égard à certains autres aspects de l'affaire, il ne pensait pas que l'on pût incriminer les responsables des Chemins de Fer.

Le capitaine Sinico, de Leoville, Sydney Parade, époux de la défunte, témoigna également. Il déclara que la défunte était son épouse. Il n'était pas à Dublin au moment de l'accident, étant arrivé ce matin-là seulement de Rotterdam. Ils étaient mariés depuis vingt-deux ans et avaient vécu heureux jusqu'à ces deux dernières années, au cours desquelles sa femme avait pris des habitudes d'intempérance.

Miss Mary Sinico déclara que depuis peu sa mère avait pris l'habitude de sortir le soir pour acheter des spiritueux. Le témoin avait souvent essayé de raisonner sa mère et l'avait persuadée d'adhérer à une ligue antialcoolique. Elle n'était rentrée chez elle qu'une heure après l'accident.

Le jury a rendu un verdict conforme aux résultats de l'examen médical et a dégagé entièrement la responsabilité de Lennon.

Le coroner adjoint a déclaré que c'était un cas des plus douloureux, et exprimé toute sa sympathie au capitaine Sinico et à sa fille. Il a invité la Compagnie à prendre des mesures très strictes pour éviter le retour de pareils accidents. Aucune responsabilité n'a été retenue.

Mr Duffy leva les yeux et contempla par la fenêtre le morne décor vespéral. Le fleuve était là, tranquille, auprès de la distillerie vide, et de temps à autre une lumière apparaissait dans quelque maison sur la route de Lucan. Quelle fin ! Tout le récit de sa mort le révoltait, comme le révoltait l'idée de lui avoir jamais parlé de ce qu'il tenait pour sacré. Ces formules usées, ces témoignages de sympathie complètement creux, ces mots prudents d'un journaliste qu'on a persuadé de dissimuler les détails d'une mort commune, vulgaire, tout lui tordait le ventre. Non seulement elle s'était avilie, mais elle l'avait avili. Il voyait devant lui toute l'étendue sordide de son vice pitoyable et nauséabond. La compagne de son âme ! Il pensa à ces malheureux qu'il avait vus passer en clopinant, porteurs de bidons et de bouteilles qu'ils allaient faire remplir au bar. Juste Ciel ! Quelle fin ! Manifestement, elle n'avait pu s'adapter à la vie, n'ayant en elle aucune force de caractère, proie facile pour l'habitude ; c'était une de ces épaves sur lesquelles la civilisation a été élevée. Mais qu'elle ait pu tomber aussi bas ! Était-il possible qu'il se fût trompé aussi complètement sur son compte ? Il se souvint de son élan du fameux soir et l'interpréta d'une manière plus déplaisante qu'il ne l'avait jamais fait. Il n'avait pas de difficulté maintenant à approuver la ligne de conduite qu'il avait prise.

Comme la lumière baissait et que sa mémoire commençait à vagabonder il crut que sa main venait toucher la sienne. Après le ventre, c'étaient les nerfs qui subissaient les effets du choc. Il mit rapidement son manteau et son chapeau et sortit. Sur le seuil il rencontra l'air froid qui s'insinua dans les manches de sa veste. Quand il arriva au bistrot du pont de Chapelizod, il entra et commanda un grog.

Le propriétaire le servit obséquieusement, mais ne se hasarda pas à lui parler. Il y avait cinq ou six ouvriers dans la salle qui discutaient la valeur d'un domaine du comté de Kildare. Ils buvaient de temps en temps dans leurs énormes chopes d'une pinte et fumaient, crachant souvent sur le plancher et parfois ramenant la sciure sur leur crachat avec leurs brodequins. Mr Duffy restait sur son tabouret et les regardait sans les voir ni les entendre. Au bout d'un moment ils sortirent et il commanda un autre grog. Il resta longtemps assis devant son verre. La boutique était très calme. Le propriétaire, avachi sur le comptoir, lisait le *Herald* et bâillait. De temps à autre on entendait au-dehors le bruissement d'un tram passant sur la route déserte.

Assis là, à revivre la vie qu'il avait partagée avec elle et à évoquer tour à tour les deux images grâce auxquelles il pouvait se la représenter maintenant, il prit nettement conscience qu'elle était morte, qu'elle avait cessé d'exister, qu'elle était devenue un souvenir. Il commença à se sentir mal à l'aise. Il se demanda ce qu'il aurait pu faire d'autre. Il n'aurait pas pu continuer à jouer la comédie avec elle ; il n'aurait pas pu vivre avec elle ouvertement. Il avait fait ce qui lui avait paru le mieux. En quoi était-il responsable ? Maintenant qu'elle avait disparu, il comprenait à quel point sa vie avait dû être solitaire, assise soir après soir, seule, dans cette pièce. Sa vie à lui aussi serait solitaire jusqu'à ce que lui aussi meure, cesse d'exister, devienne un souvenir — s'il y avait quelqu'un pour se souvenir de lui.

Il était plus de neuf heures du soir lorsqu'il quitta la boutique. La nuit était froide et lugubre. Il entra dans le parc par le premier portail et avança sous les arbres décharnés. Il suivit les allées balayées par le vent où ils avaient marché quatre ans auparavant. Elle semblait être tout près de lui dans l'obscurité. Par moments il lui semblait sentir sa voix lui effleurer l'oreille, sa main toucher la sienne. Il s'arrêta pour écouter. Pourquoi lui avait-il refusé la vie ? Pourquoi l'avait-il condamnée à mort ? Il sentait sa nature morale se désagréger.

Lorsqu'il atteignit la crête de Magazine Hill il s'arrêta et son regard suivit la rivière en direction de Dublin, dont les lumières brillaient, rouges et accueillantes dans la nuit froide. Son regard descendit la pente et, tout au bas, à l'ombre du mur du parc, il vit quelques formes humaines allongées. Ces amours furtives et vénales l'emplirent de désespoir. Il mettait peu à peu en cause la rectitude de sa vie ; il se sentait banni du festin de la vie. Un seul être humain avait paru l'aimer et il lui avait dénié vie et bonheur : il l'avait condamnée à l'ignominie, à une mort infâme. Il savait que les créatures couchées au pied du mur l'observaient et auraient voulu le voir partir. Personne ne voulait de lui ; il était banni du festin de la vie. Il tourna les yeux vers le fleuve gris et miroitant qui serpentait en direction de Dublin. Au-delà du fleuve il vit un train de marchandises sortir, sinueux, de la gare de Kingsbridge, tel un ver à la tête de feu serpentant dans l'obscurité, obstinément, laborieusement. Il disparut lentement à sa vue ; mais il ne cessait d'entendre résonner dans ses oreilles le laborieux bourdonnement de la machine répétant inlassablement les syllabes de son nom à elle.

Il s'en retourna, prenant le chemin par lequel il était venu, le rythme de la machine cognant dans ses oreilles. Il commençait à mettre en doute la réalité de ce que la mémoire lui contait. Il fit halte sous un arbre et laissa le rythme mourir peu à peu. Il n'arrivait pas à la sentir près de lui dans l'obscurité ni à sentir sa voix lui effleurer l'oreille. Il attendit quelques minutes, à l'écoute. Il ne pouvait rien entendre : la nuit était parfaitement silencieuse. Il écouta de nouveau : parfaitement silencieuse. Il sentit qu'il était seul.

# COLLECTION FOLIO 2€

*Dernières parutions*

| | |
|---|---|
| 4151. Italo Svevo | *L'assassinat de la via Belpoggio* et autres nouvelles |
| 4191. Collectif | *« Mourir pour toi ». Quand l'amour tue* |
| 4192. Hans Christian Andersen | *L'Elfe de la rose* et autres contes du jardin |
| 4193. Épictète | *De la liberté* précédé de *De la profession de Cynique* |
| 4194. Ernest Hemingway | *Histoire naturelle des morts* et autres nouvelles |
| 4195. Panait Istrati | *Mes départs* |
| 4196. H. P. Lovecraft | *La peur qui rôde* et autres nouvelles |
| 4197. Stendhal | *Féder ou le mari d'argent* |
| 4198. Junichirô Tanizaki | *Le meurtre d'O-Tsuya* |
| 4199. Léon Tolstoï | *Le réveillon du jeune tsar* et autres contes |
| 4200. Oscar Wilde | *La Ballade de la geôle de Reading* précédé de *Poèmes* |
| 4273. Cervantès | *La petite gitane* |
| 4274. Collectif | *« Dansons autour du chaudron ». Les sorcières dans la littérature* |
| 4275. G. K. Chesterton | *Trois enquêtes du Père Brown* |
| 4276. Francis Scott Fitzgerald | *Une vie parfaite* suivi de *L'accordeur* |
| 4277. Jean Giono | *Prélude de Pan* et autres nouvelles |
| 4278. Katherine Mansfield | *Mariage à la mode* précédé de *La baie* |
| 4279. Pierre Michon | *Vie du père Foucault* suivi de *Vie de George Bandy* |
| 4280. Flannery O'Connor | *Un heureux événement* suivi de *La personne déplacée* |
| 4281. Chantal Pelletier | *Intimités* et autres nouvelles |
| 4282. Léonard de Vinci | *Prophéties* précédé de *Philosophie et d'Aphorismes* |

4317. Anonyme — *Ma'rûf le savetier. Un conte des Mille et Une Nuits*
4318. René Depestre — *L'œillet ensorcelé* et autres nouvelles
4319. Henry James — *Le menteur*
4320. Jack London — *La piste des soleils* et autres nouvelles
4321. Jean-Bernard Pouy — *La mauvaise graine* et autres nouvelles
4322. Saint Augustin — *La Création du monde et le Temps* suivi de *Le Ciel et la Terre*
4323. Bruno Schulz — *Le printemps*
4324. Qian Zhongshu — *Pensée fidèle* suivi d'*Inspiration*
4325. Marcel Proust — *L'affaire Lemoine*
4326. Ji Yun — *Des nouvelles de l'au-delà*
4387. Boileau-Narcejac — *Au bois dormant*
4388. Albert Camus — *Été*
4389. Philip K. Dick — *Ce que disent les morts*
4390. Alexandre Dumas — *La dame pâle*
4391. Herman Melville — *Les encantadas, ou îles enchantées*
4392. Mathieu François Pidansat de Mairobert — *Confession d'une jeune fille*
4393. Wang Chong — *De la mort*
4394. Marguerite Yourcenar — *Le Coup de grâce*
4395. Nicolas Gogol — *Une terrible vengeance*
4396. Jane Austen — *Lady Susan*
4441. Honoré de Balzac — *Les dangers de l'inconduite*
4442. Collectif — *1, 2, 3... bonheur! Le bonheur en littérature*
4443. James Crumley — *Tout le monde peut écrire une chanson triste* et autres nouvelles
4444. Fumio Niwa — *L'âge des méchancetés*
4445. William Golding — *L'envoyé extraordinaire*
4446. Pierre Loti — *Les trois dames de la kasbah* suivi de *Suleïma*
4447. Marc Aurèle — *Pensées. Livres I-VI*
4448. Jean Rhys — *À septembre, Petronella* suivi de *Qu'ils appellent ça du jazz*

| | |
|---|---|
| 4449. Gertrude Stein | *La brave Anna* |
| 4450. Voltaire | *Le monde comme il va* et autres contes |
| 4482. Régine Detambel | *Petit éloge de la peau* |
| 4483. Caryl Férey | *Petit éloge de l'excès* |
| 4484. Jean-Marie Laclavetine | *Petit éloge du temps présent* |
| 4485. Richard Millet | *Petit éloge d'un solitaire* |
| 4486. Boualem Sansal | *Petit éloge de la mémoire* |
| 4518. Renée Vivien | *La dame à la louve* |
| 4519. Madame Campan | *Mémoires sur la vie privée de Marie-Antoinette. Extraits* |
| 4520. Madame de Genlis | *La femme auteur* |
| 4521. Elsa Triolet | *Les amants d'Avignon* |
| 4522. George Sand | *Pauline* |
| 4549. Amaru | *La centurie. Poèmes amoureux de l'Inde ancienne* |
| 4550. Collectif | *«Mon cher papa…» Des écrivains et leur père* |
| 4551. Joris-Karl Huysmans | *Sac au dos suivi d'À vau l'eau* |
| 4552. Marc Aurèle | *Pensées. livres VII-XII* |
| 4553. Valery Larbaud | *Mon plus secret conseil…* |
| 4554. Henry Miller | *Lire aux cabinets* précédé d'*Ils étaient vivants et ils m'ont parlé* |
| 4555. Alfred de Musset | *Emmeline* suivi de *Croisilles* |
| 4556. Irène Némirovsky | *Ida* suivi de *La comédie bourgeoise* |
| 4557. Rainer Maria Rilke | *Au fil de la vie. Nouvelles et esquisses* |
| 4558. Edgar Allan Poe | *Petite discussion avec une momie* et autres histoires extraordinaires |
| 4596. Michel Embareck | *Le temps des citrons* |
| 4597. David Shahar | *La moustache du pape* et autres nouvelles |
| 4598. Mark Twain | *Un majestueux fossile littéraire* et autres nouvelles |
| 4618. Stéphane Audeguy | *Petit éloge de la douceur* |
| 4619. Éric Fottorino | *Petit éloge de la bicyclette* |
| 4620. Valentine Goby | *Petit éloge des grandes villes* |
| 4621. Gaëlle Obiégly | *Petit éloge de la jalousie* |

| | |
|---|---|
| 4622. Pierre Pelot | *Petit éloge de l'enfance* |
| 4639. Benjamin Constant | *Le cahier rouge* |
| 4640. Carlos Fuentes | *La Desdichada* |
| 4641. Richard Wright | *L'homme qui a vu l'inondation* suivi de *Là-bas, près de la rivière* |
| 4665. Cicéron | *«Le bonheur dépend de l'âme seule». Livre V des « Tusculanes»* |
| 4666. Collectif | *Le pavillon des parfums-réunis* et autres nouvelles chinoises des Ming |
| 4667. Thomas Day | *L'automate de Nuremberg* |
| 4668. Lafcadio Hearn | *Ma première journée en Orient* suivi de *Kizuki, le sanctuaire le plus ancien du Japon* |
| 4669. Simone de Beauvoir | *La femme indépendante* |
| 4670. Rudyard Kipling | *Une vie gaspillée* et autres nouvelles |
| 4671. D.H. Lawrence | *L'épine dans la chair* et autres nouvelles |
| 4672. Luigi Pirandello | *Eau amère* et autres nouvelles |
| 4673. Jules Verne | *Les révoltés de la Bounty* suivi de *Maître Zacharius* |
| 4674. Anne Wiazemsky | *L'île* |
| 4708. Isabelle de Charrière | *Sir Walter Finch et son fils William* |
| 4709. Madame d'Aulnoy | *La princesse Belle Étoile et le prince Chéri* |
| 4710. Isabelle Eberhardt | *Amours nomades. Nouvelles choisies* |
| 4711. Flora Tristan | *Promenades dans Londres. Extraits* |
| 4737. Joseph Conrad | *Le retour* |
| 4738. Roald Dahl | *Le chien de Claude* |
| 4739. Fiodor Dostoïevski | *La femme d'un autre et le mari sous le lit. Une aventure peu ordinaire* |
| 4740. Ernest Hemingway | *La capitale du monde* suivi de *L,heure triomphale de Francis Macomber* |
| 4741. H. P. Lovecraft | *Celui qui chuchotait dans les ténèbres* |
| 4742. Gérard de Nerval | *Pandora* et autres nouvelles |
| 4743. Juan Carlos Onetti | *À une tombe anonyme* |

4744. Robert Louis Stevenson — *La chaussée des Merry Men*
4745. Henry David Thoreau — *«Je vivais seul dans les bois»*
4746. Michel Tournier — *L'aire du muguet* précédé de *La jeune fille et la mort*
4781. Collectif — *Sur le zinc. Au café des écrivains*
4782. Francis Scott Fitzgerald — *L'étrange histoire de Benjamin Button* suivi de *La lie du bonheur*
4783. Lao She — *Le nouvel inspecteur* suivi de *le croissant de lune*
4784. Guy de Maupassant — *Apparition* et autres contes de l'étrange
4785. D. A. F. de Sade — *Eugénie de Franval. Nouvelle tragique*
4786. Patrick Amine — *Petit éloge de la colère*
4787. Élisabeth Barillé — *Petit éloge du sensible*
4788. Didier Daeninckx — *Petit éloge des faits divers*
4789. Nathalie Kuperman — *Petit éloge de la haine*
4790. Marcel Proust — *La fin de la jalousie* et autres nouvelles
4839. Julian Barnes — *À jamais* et autres nouvelles
4840. John Cheever — *Une américaine instruite* précédé d'*Adieu, mon frère*
4841. Collectif — *«Que je vous aime, que je t'aime!» Les plus belles déclarations d,amour*
4842. André Gide — *Souvenirs de la cour d'assises*
4843. Jean Giono — *Notes sur l'affaire Dominici* suivi d'*Essai sur le caractère des personnages*
4844. Jean de La Fontaine — *Comment l'esprit vient aux filles* et autres contes libertins
4845. Yukio Mishima — *Papillon* suivi de *La lionne*
4846. John Steinbeck — *Le meurtre* et autres nouvelles
4847. Anton Tchekhov — *Un royaume de femmes* suivi de *De l'amour*
4848. Voltaire — *L'Affaire du chevalier de La Barre* précédé de *L,Affaire Lally*
4875. Marie d'Agoult — *Premières années (1806-1827)*
4876. Madame de Lafayette — *Histoire de la princesse de Montpensier* et autres nouvelles

4877. Madame Riccoboni — *Histoire de M. le marquis de Cressy*
4878. Madame de Sévigné — *«Je vous écris tous les jours...» Premières lettres à sa fille*
4879. Madame de Staël — *Trois nouvelles*
4911. Karen Blixen — *Saison à Copenhague*
4912. Julio Cortázar — *La porte condamnée* et autres nouvelles fantastiques
4913. Mircea Eliade — *Incognito à Buchenwald...* précédé d'*Adieu!...*
4914. Romain Gary — *Les Trésors de la mer Rouge*
4915. Aldous Huxley — *Le jeune Archimède* précédé de *Les Claxton*
4916. Régis Jauffret — *Ce que c'est que l'amour* et autres microfictions
4917. Joseph Kessel — *Une balle perdue*
4918. Lie-tseu — *Sur le destin* et autres textes
4919. Junichirô Tanizaki — *Le pont flottant des songes*
4920. Oscar Wilde — *Le portrait de Mr. W.H.*
4953. Eva Almassy — *Petit éloge des petites filles*
4954. Franz Bartelt — *Petit éloge de la vie de tous les jours*
4955. Roger Caillois — *Noé* et autres textes
4956. Jacques Casanova — *Madame F.* suivi d'*Henriette*
4957. Henry James — *De Grey, histoire romantique*
4958. Patrick Kéchichian — *Petit éloge du catholicisme*
4959. Michel Lermontov — *La princesse Ligovskoï*
4960. Pierre Péju — *L'idiot de Shanghai* et autres nouvelles
4961. Brina Svit — *Petit éloge de la rupture*
4962. John Updike — *Publicité* et autres nouvelles
5010. Anonyme — *Le petit-fils d'Hercule. Un roman libertin*
5011. Marcel Aymé — *La bonne peinture*
5012. Mikhaïl Boulgakov — *J'ai tué* et autres récits
5013. Sir Arthur Conan Doyle — *L'interprète grec* et autres aventures de Sherlock Holmes

| | |
|---|---|
| 5014. Frank Conroy | *Le cas mystérieux de R.* et autres nouvelles |
| 5015. Sir Arthur Conan Doyle | *Une affaire d'identité* et autres aventures de Sherlock Holmes |
| 5016. Cesare Pavese | *Histoire secrète* et autres nouvelles |
| 5017. Graham Swift | *Le sérail* et autres nouvelles |
| 5018. Rabindranath Tagore | *Aux bords du Gange* et autres nouvelles |
| 5019. Émile Zola | *Pour une nuit d'amour* suivi de *L'inondation* |
| 5060. Anonyme | *L'œil du serpent. Contes folkloriques japonais* |
| 5061. Federico García Lorca | *Romancero gitan* suivi de *Chant funèbre pour Ignacio Sanchez Mejias* |
| 5062. Ray Bradbury | *Le meilleur des mondes possibles* et autres nouvelles |
| 5063. Honoré de Balzac | *La Fausse Maîtresse* |
| 5064. Madame Roland | *Enfance* |
| 5065. Jean-Jacques Rousseau | *« En méditant sur les dispositions de mon âme... »* et autres rêveries, suivi de *Mon portrait* |
| 5066. Comtesse de Ségur | *Ourson* |
| 5067. Marguerite de Valois | *Mémoires. Extraits* |
| 5068. Madame de Villeneuve | *La Belle et la Bête* |
| 5069. Louise de Vilmorin | *Sainte-Unefois* |
| 5120. Hans Christian Andersen | *La Vierge des glaces* |
| 5121. Paul Bowles | *L'éducation de Malika* |
| 5122. Collectif | *Au pied du sapin. Contes de Noël* |
| 5123. Vincent Delecroix | *Petit éloge de l'ironie* |
| 5124. Philip K. Dick | *Petit déjeuner au crépuscule* et autres nouvelles |
| 5125. Jean-Baptiste Gendarme | *Petit éloge des voisins* |
| 5126. Bertrand Leclair | *Petit éloge de la paternité* |
| 5127. Alfred de Musset-George sand | *« Ô mon George, ma belle maîtresse... » Lettres* |

| | |
|---|---|
| 5128. Grégoire Polet | *Petit éloge de la gourmandise* |
| 5129. Paul Verlaine | *L'Obsesseur précédé d'Histoires comme ça* |
| 5163. Akutagawa Ryûnosuke | *La vie d'un idiot* précédé d'*Engrenage* |
| 5164. Anonyme | *Saga d'Eiríkr le Rouge* suivi de *Saga des Groenlandais* |
| 5165. Antoine Bello | *Go Ganymède!* |
| 5166. Adelbert von Chamisso | *L'étrange histoire de Peter Schlemihl* |
| 5167. Collectif | *L'art du baiser. Les plus beaux baisers de la littérature* |
| 5168. Guy Goffette | *Les derniers planteurs de fumée* |
| 5169. H.P. Lovecraft | L'horreur de Dunwich |
| 5170. Léon Tolstoï | *Le diable* |
| 5184. Alexandre Dumas | *La main droite du sire de Giac* et autres nouvelles |
| 5185. Edith Wharton | *Le miroir suivi de Miss Mary Pask* |
| 5231. Théophile Gautier | *La cafetière* et autres contes fantastiques |
| 5232. Claire Messud | *Les Chasseurs* |
| 5233. Dave Eggers | *Du haut de la montagne, une longue descente* |
| 5234. Gustave Flaubert | *Un parfum à sentir ou Les Baladins* suivi de *Passion et vertu* |
| 5235. Carlos Fuentes | *En bonne compagnie* suivi de *La chatte de ma mère* |
| 5236. Ernest Hemingway | *Une drôle de traversée* |
| 5237. Alona Kimhi | *Journal de berlin* |
| 5238. Lucrèce | *« L'esprit et l'âme se tiennent étroitement unis ». Livre III de « De la nature »* |
| 5239. Kenzaburô Ôé | *Seventeen* |
| 5240. P.G. Wodehouse | *Une partie mixte à trois* et autres nouvelles du green |
| 5290. Jean-Jacques Bernard | *Petit éloge du cinéma d'aujourd'hui* |
| 5291. Jean-Michel Delacomptée | *Petit éloge des amoureux du Silence* |
| 5292. Mathieu Térence | *Petit éloge de la joie* |
| 5293. Vincent Wackenheim | *Petit éloge de la première fois* |

| | |
|---|---|
| 5294. Richard Bausch | *Téléphone rose* et autres nouvelles |
| 5295. Collectif | *Ne nous fâchons pas ! ou L'art de se disputer au théâtre* |
| 5296. Robin Robertson | *Fiasco ! Des écrivains en scène* |
| 5297. Miguel de Unamuno | *Des yeux pour voir* et autres contes |
| 5298. Jules Verne | *Une fantaisie du Docteur Ox* |
| 5299. Robert Charles Wilson | *YFL-500* suivi du *Mariage de la dryade* |
| 5347. Honoré de Balzac | *Philosophie de la vie conjugale* |
| 5348. Thomas De Quincey | *Le bras de la vengeance* |
| 5349. Charles Dickens | *L'embranchement de Mugby* |
| 5350. Épictète | *De l'attitude à prendre envers les tyrans* |
| 5351. Marcus Malte | *Mon frère est parti ce matin...* |
| 5352. Vladimir Nabokov | *Natacha* et autres nouvelles |
| 5353. Arthur Conan Doyle | *Un scandale en Bohême* suivi de *Silver Blaze. Deux aventures de Sherlock Holmes* |
| 5354. Jean Rouaud | *Préhistoires* |
| 5355. Mario Soldati | *Le père des orphelins* |
| 5356. Oscar Wilde | *Maximes* et autres textes |
| 5415. Franz Bartelt | *Une sainte fille* et autres nouvelles |
| 5416. Mikhaïl Boulgakov | *Morphine* |
| 5417. Guillermo Cabrera Infante | *Coupable d'avoir dansé le cha-cha-cha* |
| 5418. Collectif | *Jouons avec les mots. Jeux littéraires* |
| 5419. Guy de Maupassant | *Contes au fil de l'eau* |
| 5420. Thomas Hardy | *Les intrus de la Maison Haute* précédé d'un autre conte du Wessex |
| 5421. Mohamed Kacimi | *La confession d'Abraham* |
| 5422. Orhan Pamuk | *Mon père* et autres textes |
| 5423. Jonathan Swift | *Modeste proposition* et autres textes |
| 5424. Sylvain Tesson | *L'éternel retour* |
| 5462. Lewis Carroll | *Misch-Masch* et autres textes de jeunesse |
| 5463. Collectif | *Un voyage érotique. Invitations à l'amour dans la littérature du monde entier* |

5464. François de La Rochefoucauld — *Maximes* suivi de *Portrait de La Rochefoucauld par lui-même*

5465. William Faulkner — *Coucher de soleil* et autres Croquis de La Nouvelle-Orléans

5466. Jack Kerouac — *Sur les origines d'une génération* suivi de *Le dernier mot*

5467. Liu Xinwu — *La Cendrillon du canal* suivi de *Poisson à face humaine*

5468. Patrick Pécherot — *Petit éloge des coins de rue*

5469. George Sand — *La château de Pictordu*

5470. Montaigne — *De l'oisiveté* et autres Essais en français moderne

5471. Martin Winckler — *Petit éloge des séries télé*

5523. E.M. Cioran — *Pensées étranglées* précédé du *Mauvais démiurge*

5524. Dôgen — *Corps et esprit. La Voie du zen*

5525. Maître Eckhart — *L'amour est fort comme la mort* et autres textes

5526. Jacques Ellul — « *Je suis sincère avec moi-même* » et autres lieux communs

5527. Liu An — *Du monde des hommes. De l'art de vivre parmi ses semblables*

5528. Sénèque — *De la providence* suivi de *Lettres à Lucilius (lettres 71 à 74)*

5529. Saâdi — *Le Jardin des Fruits. Histoires édifiantes et spirituelles*

5530. Tchouang-tseu — *Joie suprême* et autres textes

5531. Jacques De Voragine — *La Légende dorée. Vie et mort de saintes illustres*

5532. Grimm — *Hänsel et Gretel* et autres contes

5589. Saint Augustin — *L'Aventure de l'esprit et autres Confessions*

5590. Anonyme — *Le brahmane et le pot de farine. Contes édifiants du Pañcatantra*

5591. Simone Weil — *Pensées sans ordre concernant l'amour de Dieu* et autres textes

5592. Xun zi — *Traité sur le Ciel* et autres textes

5606. Collectif — *Un oui pour la vie ? Le mariage en littérature*
5607. Éric Fottorino — *Petit éloge du Tour de France*
5608. E. T. A. Hoffmann — *Ignace Denner*
5609. Frédéric Martinez — *Petit éloge des vacances*
5610. Sylvia Plath — *Dimanche chez les Minton* et autres nouvelles
5611. Lucien — *« Sur des aventures que je n'ai pas eues ». Histoire véritable*
5631. Boccace — *Le Décaméron. Première journée*
5632. Isaac Babel — *Une soirée chez l'impératrice* et autres récits
5633. Saul Bellow — *Un futur père* et autres nouvelles
5634. Belinda Cannone — *Petit éloge du désir*
5635. Collectif — *Faites vos jeux ! Les jeux en littérature*
5636. Collectif — *Jouons encore avec les mots. Nouveaux jeux littéraires*
5637. Denis Diderot — *Sur les femmes* et autres textes
5638. Elsa Marpeau — *Petit éloge des brunes*
5639. Edgar Allan Poe — *Le sphinx* et autres contes
5640. Virginia Woolf — *Le quatuor à cordes* et autres nouvelles
5714. Guillaume Apollinaire — *« Mon cher petit Lou ». Lettres à Lou*
5715. Jorge Luis Borges — *Le Sud* et autres fictions
5716. Thérèse d'Avila — *Le Château intérieur. Les trois premières demeures de l'âme*
5717. Chamfort — *Maximes* suivi de *Pensées morales*
5718. Ariane Charton — *Petit éloge de l'héroïsme*
5719. Collectif — *Le goût du zen. Recueil de propos et d'anecdotes*
5720. Collectif — *À vos marques ! Nouvelles sportives*
5721. Olympe De Gouges — *« Femme, réveille-toi ! » Déclaration des droits de la femme et de la citoyenne* et autres écrits
5722. Tristan Garcia — *Le saut de Malmö* et autres nouvelles
5723. Silvina Ocampo — *La musique de la pluie* et autres nouvelles

*Composition : IGS-CP à L'Isle-d'Espagnac (16)*
*Achevé d'imprimer par Novoprint,*
*à Barcelone, le 3 mai 2014*
*Dépôt légal : mai 2014*

ISBN : 978-2-07-045642-0/Imprimé en Espagne

260803